De vuelta a la cueva

Nacho Docavo Alberti

Gran Angular

ediciones sm Joaquín Turina, 39 - 28044 Madrid

Dirección editorial: **María Jesús Gil Iglesias**

Primera edición: junio 1997
Segunda edición: abril 1998
Tercera edición: noviembre 1998

Fotografía de cubierta: *Javier Calbet*
Diseño de cubierta: *Estudio SM*

Comercializa: CESMA, SA - Aguacate, 43 - 28044 Madrid

ISBN: 84-348-5588-7
Depósito legal: M-33322-1998
Fotocomposición: Grafilia, SL
Impreso en España/Printed in Spain
Imprenta SM - Joaquín Turina, 39 - 28044 Madrid

A Susan, la mejor

Si lo llego a saber, me habría llevado a la entrevista una maleta llena de ropa limpia, unas cuantas mudas, mis cosas de aseo, un chaleco antibalas, útiles de escalada, un traje de submarinista, dos linternas, píldoras contra el mareo e incluso una careta antigás. Pero... cómo iba a imaginármelo, si no soy adivino y lo único que encontré, al conectar la pantalla del ordenador de mi puesto de trabajo en el periódico, fue un escueto mensaje del redactor-jefe que decía:

> Salomón: Vete al Instituto de Biología Humana y pregunta por la doctora Rosenthal. Te está esperando. Parece que quiere ofrecernos la exclusiva mundial de un gran descubrimiento.
>
> Arturo, R. J.

Cuando leí el texto, no sospeché que aquella entrevista pudiera ser diferente de las dos que ya había hecho: la primera, a un estafador profesional atrapado con las manos en la masa, y la segunda, a un bombero que había salvado la vida a una familia entera. Por ello, cuando acudí a la cita con la doctora, llevaba ropa normal y una pequeña bolsa con el material que habitualmente usamos los periodistas: grabadora, cintas, cámara de fotos, cuaderno de notas y varios bolígrafos. Eso sí, llegué calado hasta los huesos porque aquel traicionero cielo de principios de abril, tan uniforme y azul al amanecer, se había convertido, cuando salí del metro, en una espesa manta de nubes grises desplomándose a saco. Por un momento creí que, en vez de en España, estaba en mi Guinea natal y en plena estación de lluvias, pues la cortina de agua que caía era tan fuerte y compacta que, en los doscientos metros de descampado que había desde la estación hasta el Instituto, me quedé listo para un centrifugado. Además, con las prisas por no seguir mojándome, me acerqué demasiado al bordillo de la avenida de los Sabios, y el autobús que pasaba en ese momento metió las ruedas en un charco y me salpicó enterito, dejándome pringado de agua y barro de cintura para abajo. Total, que en el vestíbulo, más que un periodista en acto de servicio, parecía el superviviente de un tifón. Chorreando goterones por el pelo, con el jersey empapado y los zapatos encofrados en cieno, pregunté en la recepción por la doctora en cuestión.

—Tercera planta. Pasillo de la derecha. Penúltima puerta a la izquierda —respondió amable el ordenanza, que me miraba con cara de pena y como con ganas de tenderme una toalla.

Agradecí la intención y subí. En el ascensor volví a mirarme las pintas y, para no causar una pobre impresión a mi interlocutora, entré en los servicios con la sana intención de adecentarme un poco: secarme el pelo, quitarme el jersey (lo metí arrugado y mojado en la bolsa), limpiar un poco los zapatos, que acababa de comprar la tarde anterior en las rebajas y que ya empezaban a agrietarse, y sacudirme el barrillo de los pantalones. Desgraciadamente, aun con la remodelación, seguía hecho un cromo. Pero como vivía en Alcorcón y no tenía tiempo para volver a casa y cambiarme, decidí entrar en el laboratorio de tal guisa.

«Total», pensé, «este país no es como el mío, en el que todos sabemos cuándo va a llover y cuándo no. Aquí la lluvia es como una lotería, y esta mañana me ha tocado la pedrea. Así que me presento a la doctora, me excuso por la falta de previsión, olvido el asunto y nos ponemos a trabajar.» Más alegre y ya casi convencido de que no iba tan mal, recorrí el resto del pasillo hasta toparme con la puerta correcta. En ella, un rótulo:

DPTO. DE PALEONTOLOGÍA HUMANA
DOCTORES BOB Y NINA ROSENTHAL

—(*Toc, Toc...*) ¿Se puede?

—Adelante —contestó lejana una voz femenina.

Pasé, cerré y me dirigí hacia una mujer que había en el fondo de la sala mirando con una lupa. El paisaje del laboratorio era, para mí, de lo más tétrico, aunque imagino que para ella sería normal: paredes cubiertas con láminas del cuerpo humano en color; estanterías y vitrinas llenas de cráneos, costillas, fémures y otros huesos; armas de piedra y bronce; retales de telas mugrientas; restos de conchas; cerámicas de tonos ocres, rojizos y negros, y todo tipo de abalorios. Eso sí, todo estaba bien limpio, y se detectaba en el ambiente un cierto olor a formol. Los ojos vacíos de las calaveras parecían observarme mientras avanzaba por el estrecho pasillo que quedaba entre las vitrinas.

«¡Qué alegría de oficina! ¡Todos muertos!», pensé.

—¿Doctora Rosenthal?

—Soy yo. Discúlpame un momento, si haces el favor —me dijo sin despegar los ojos de la lupa.

Tenía una voz suave y melodiosa; pronunciaba las eses muy líquidas y casi con los labios, lo que daba a su habla un tono muy musical.

—Salomón Narváez, del diario *A fondo* —aproveché para presentarme.

Cuando lo oyó, se incorporó y...

—Encantada. Llámame Nina... —me miró, nos dimos la mano y se quedó un poco cortada al verme los chorretones de barro y el pelo medio empapado—. Veo que te has mojado un poco. ¿Quieres algo para secarte?

—Gracias. Ya lo hecho en el servicio. Lo que de verdad necesito es ropa nueva, pero...

Nina era una mujer de edad indefinida, en el límite de la juventud y la edad adulta. Delgada, alta, de piel muy blanca, pero con una impresionante melena del color de la lava fundida que le caía, espesa, rizada y brillante, hasta casi la cintura. Vestía camisa beige de exploradora, vaqueros ajustados y botas de caña por fuera. Me pareció la típica aventurera.

—Vamos a la mesa —me dijo mientras cogía el cráneo que acababa de observar con la lupa.

—¿Qué, un madrileño sin identificar? —le dije para romper el hielo.

—No exactamente. Madrileño no es el término adecuado para definir su patria. Vivía aquí, pero en esos tiempos todavía no existían ni Madrid ni España. Era una mujer hispano-romana que vivió en esta región hace unos 1.800 años. Encontraron su tumba en Titulcia, cerca de Aranjuez, y nos han traído sus restos para que los analicemos —me decía mientras se abría hueco entre un montón de papelotes, huesos y conchitas que había sobre la mesa, se sentaba y me invitaba a quitar una calavera de encima de una silla para que yo hiciera lo mismo.

—Pues no se conserva mal la chica para tener dieciocho siglos. Por cierto, ¿cómo se sabe que era una mujer? —yo, intrigado.

—Es fácil. Los cráneos de mujer suelen ser un poco más pequeños que los de hombre, los huesos de la mandíbula son más finos, y las rugosidades del hueso de la nuca, más planas. Ésta tenía unos veinte años, y seguramente murió de parto.

—¿Y eso? ¿Es qué también habéis encontrado su diario?

—No —sonrió—. No hace falta. En un cráneo, la edad del sujeto se sabe, entre otras cosas, por las uniones de los huesos. Cuanto más fundidas están las uniones del frontal, el parietal y el occipital, más viejo es el individuo. Pero donde mejor se aprecia la edad es en la dentadura... ¿Ves? —dijo, y me enseñó los agujeros donde estuvieron en su día los dientes de la mandíbula superior—. Esta chica ya tiene los dientes molares y premolares definitivos, pero aún no le han salido las muelas del juicio, y, en las personas, esa fase del desarrollo sucede entre los veinte y los treinta años.

—¿Y cómo supisteis que murió de parto? —pregunté.

—Por las deformaciones de la pelvis y porque no hemos encontrado en el esqueleto rastros de enfermedades ni de violencia. Además, junto a ella había un pequeño feto momificado. Y monedas de la época de Trajano... Como verás, no es difícil interpretar los hallazgos arqueológicos. Es como si los muertos hablasen. ¿Ves ese cráneo que acabas de levantar de la silla donde estás sentado? Pues era de un soldado visigodo de los tiempos de Chindasvinto. Lo encontraron hace un par de años cerca de Toledo, y seguramente murió en combate.

Mirándolo bien, enseguida me di cuenta de la evidencia: era más grande y robusto que el de la hispano-romana y tenía la frente fracturada.

—Curioso el lenguaje de los muertos —comenté mientras sacaba mi grabadora, preparaba las cintas y, de paso, me descalzaba por debajo de la mesa porque tenía los calcetines calados y los pies fríos. La doctora me pareció una persona de trato agradable y simpática; así que, cuando tuve el instrumental preparado, comencé la entrevista—: ¿Y cuál es esa exclusiva que quieres ofrecernos, al parecer tan importante?

Nada más acabar la pregunta noté que su cara adquiría una expresión más seria y triste. La mirada se perdió en el fondo de la pared, y el tono de su voz se hizo ligeramente más grave.

—Es algo acerca de nuestro pasado. Creo que hemos realizado un descubrimiento que a más de una publicación le gustaría dar a conocer. Pero he pensado en tu periódico porque lo considero respetuoso y preocupado por los temas científicos y humanos. Creo que vuestra línea editorial difiere de la del resto de los periódicos, que a veces se dejan llevar por el sensacionalismo. Además, tenéis colaboradores de gran prestigio y eso da categoría a un diario. Me he decidido por vosotros porque creo que podemos ayudarnos mutuamente. Yo..., nosotros, os daríamos esta exclusiva mundial, y a cambio, vosotros me proporcionaríais cierta ayuda que necesito en estos momentos...

Me mosqueó ese paso del «yo» al «nosotros», pero no dije nada.

—No te molestes —continuó ella— si te digo que pedí hablar con la directora del periódico; pero, al parecer, es una señora muy ocupada y tiene por costumbre enviar a alguien de la redacción para tantear los temas que le proponen...

—Es cierto —la tranquilicé—. En este caso debería haber venido un compañero de más experiencia, pero los reporteros de primera línea están todos ocupados, y me han enviado a mí. Yo llevaré la grabación a la redacción y allí decidirán si sirve o no. Por lo que respecta a la difusión de tus revelaciones, tampoco debes preocuparte. Conmigo puedes hablar con toda confianza porque de lo que aquí se hable, no se va a enterar nadie. Es como si mi boca estuviese igual que la de éste —señalé a nuestro amigo el visigodo, que me miraba desde el otro lado del tiempo con la frente hundida.

—De acuerdo —me dijo—. El relato es un poco largo. Espero que tengas tiempo...

—Tenemos todo el tiempo del mundo.

Pulsé el REC del magnetófono y comencé a grabar su voz.

—Nuestra historia empezó hace unos 75.000 años, pero los hechos que nos han dado pie para remontarnos a esa fecha ocurrieron hacia 1612, año en que el Gran Almirante holandés Hendryk Brouwer partió del puerto de Rotterdam a bordo del *Dutch Tulip*, con 143 marineros,

12 oficiales, un cartógrafo y un cronista-dibujante, personaje habitual en esos viajes.

»El objetivo de la expedición era abrir una nueva ruta hacia las islas de las Especias, ya que el océano Índico estaba controlado por los portugueses. El Almirante navegó alejado de las costas africanas hasta el cabo de Buena Esperanza; a partir de allí se internó por un rumbo inexplorado hasta entonces. En vez de subir hacia el Norte para cruzar el mar de Arabia, se dirigió hacia el Este, desafiando las temibles corrientes que circulan entre el paralelo 40 Sur y la Antártida. Así burló la vigilancia de los portugueses y llegó al meridiano 80 Este, a la altura de la punta sur de la India. Allí viró hacia el Norte para navegar hacia el estrecho de Sonda y cruzarlo hacia las islas de las Especias. Pero, donde menos lo esperaba, le sorprendió una tormenta que se llevó a cuatro marineros, alimentos y velas, y arrancó de cuajo el palo trinquete.

»Tras navegar a la deriva durante varios días, avistaron una isla. Tenía forma de elipse y unos treinta kilómetros de diámetro, una montaña central, resto de un antiguo cráter volcánico, y dos bahías, una al Norte, pequeña y de difícil acceso, y otra, al Sur, con forma de herradura y aguas tranquilas, que era un fondeadero perfecto para reparar el barco. Como la isla no aparecía en ninguna carta marina, el Almirante la bautizó con el nombre de Nueva Amsterdam, que es como todavía se conoce hoy día...

Riiiiiing, interrumpió el teléfono.

Inesperadamente, Nina se abalanzó sobre él con tal ímpetu que le dio un codazo al cráneo de la hispano-romana, el cual rodó por los suelos con un macabro *clonc... clonc... clonc.*

Yo lo recogí.

—¿Diga? —contestó con voz hiperansiosa. Pero enseguida bajó la cabeza, respiró y dijo con resignación:

—No. Él no está... No... No sé cuándo volverá... Está bien, se lo diré.

Y colgó.

Volvió de su ensimismamiento, se apoyó de nuevo contra el respaldo de la silla y preguntó:

—¿Por dónde iba?

Se lo recordé y continuó:

—El Almirante mandó explorar la isla, pero no encontraron ningún animal, salvo una especie de rana muy pequeña y gran cantidad de insectos. En cambio, en la ladera este del volcán hallaron un bosque de árboles enormes que les proporcionó la madera necesaria para reparar el barco.

»Durante los trabajos de reparación, que se prolongaron dos semanas, el cronista y dibujante de a bordo, Rij Van der Neis, exploró el terreno a conciencia y dibujó todo tipo de plantas, paisajes y animalillos. Y fue él quien hizo el descubrimiento. La mañana del 12 de mayo de 1612, Van der Neis y un acompañante se internaron en el bosque y subieron por la ladera del volcán. A unos setecientos metros de altura se encontraron frente a una gran pared de roca desnuda, en la que, a unos diez metros del suelo, se distinguía una cueva. Tras llegar a su entrada escalando, el cronista se asomó al interior: todo negro. Gritó por si había alimañas y, efectivamente, salió una bandada de murciélagos enanos que volaron hacia el bosque. Luego, los exploradores se adentraron en la oscuridad iluminándose con velas y, tras cruzar una sala y un estrecho pasadizo..., ¿qué crees que encontraron?

Nina me miró, como si yo lo supiera.

—Pues ni más ni menos que los esqueletos semienterrados de media docena de personas que, a juzgar por su estado de fosilización, debían de llevar sepultados varios miles de años...

—¡Aaaatchisss!!!!... —se me escapó. No, si al final me iba a constipar por culpa del maldito aguacero. Pedí perdón a la doctora y me dije que no volvería a repetirse. Quedaba fatal.

—Jesús... ¿Un pañuelo?

—No, gracias. Ya tengo.

Ella prosiguió:

—Durante los días siguientes, Van der Neis permaneció en la cueva desde la mañana hasta la noche, desenterrando, limpiando y guardando cuidadosamente una parte de aquel yacimiento. Así, cuando el *Dutch Tulip* estuvo listo para zarpar, había recuperado los esqueletos y el ajuar de dos individuos. El resto lo dejó intacto.

»El galeón se adentró, pues, en el Índico llevando en sus bodegas uno de los hallazgos más importantes de la historia de la humanidad.

Y pudo llegar a las islas de las Especias, llenar sus bodegas de productos muy codiciados en Europa y volver a su patria, donde el Almirante fue recibido con honores de héroe nacional. Desgraciadamente, Van der Neis no pudo verlo, pues murió cerca de las Molucas. Por fortuna, sus detallados diarios y dibujos volvieron con el barco y fueron debidamente archivados en la biblioteca de la Compañía Holandesa de las Indias Orientales. Las cajas de huesos, como una vez muerto el cronista no interesaban a nadie, fueron almacenadas en el sótano del edificio de la Compañía, donde permanecieron olvidadas durante casi 400 años. Justo hasta que el año pasado las desenterramos Bob, que así se llama mi marido, y yo...

Nina dejó el relato en suspenso. Yo esperé unos segundos por si seguía. Como no lo hizo, le formulé la pregunta lógica:

—¿Y a qué ilustres personajes pertenecen esos huesos?

Momento de silencio.

—Vas a ser la tercera persona del mundo en saberlo; por ello confío en tu absoluta discreción. Para que lo entiendas te lo diré en lenguaje figurado: los huesos hallados en aquella cueva son los de Adán y Eva...

Se me cayó el bolígrafo de la mano. La respuesta me cogió tan desprevenido que me quedé como en suspenso. Lo primero que se me pasó por la cabeza fue parar la grabadora y salir de allí porque, de repente, vi a Nina como la típica oportunista, capaz de inventarse cualquier cosa con tal de salir en los periódicos. ¿O tal vez me hallaba ante una auténtica profesional de la estafa que intentaba sablear al periódico vendiéndonos una estrambótica historia de connotaciones bíblicas? Esas y otras cábalas pasaron por mi mente. Pero entonces la miré a los ojos, sentí su mirada honesta e intuí que había algo interesante detrás de aquel relato y que no estaría de más darle una oportunidad y llegar hasta el final del asunto.

—¿Por qué dices que eran los huesos de Adán y Eva? ¿Es que acaso buscas la manera de casar vuestro descubrimiento con la Biblia?

—Ni mucho menos. Lo de Adán y Eva te lo he dicho en sentido figurado. Quiero decir que los esqueletos de esa cueva pertenecieron a los primeros individuos de nuestra especie.

—¿Estás segura?

—Tan segura como que esta mujer vivió en tiempos de Trajano y murió de parto —me contestó echando mano al cráneo que la acompañaba.

—Y si tan segura estás y tienes pruebas concluyentes, ¿por qué no presentas el hallazgo en organismos importantes, como la Royal Geographic Society, la National Geographic... o lo publicas en revistas como *Nature o Investigación y Ciencia,* y no en un diario de información general como el nuestro? O mejor aún: ¿no has pensado en escribir un libro detallando tus hallazgos? Por lo que me cuentas, ese libro sería tan importante o más que *El origen de las especies* de... de... de... —no lograba acordarme del nombre.

—Darwin. Se llamaba Charles Darwin —me echó un cable—. Efectivamente, ésas eran nuestras intenciones. Pero para corroborar nuestras conclusiones, nos faltaba un detalle: debíamos ir a Nueva Amsterdam, excavar en la cueva de Van der Neis y certificar que los restos encontrados por él son originales y proceden de aquel sitio...

Ahora Nina pareció dudar si debía continuar el relato. Yo la invité/ forcé a seguir.

—¿Y por qué no habéis ido ya?

—De eso se estaba ocupando mi marido...

—¿Y...? —insistí.

—Pues que ha desaparecido.

Rápidamente me vino a la mente el famoso «piensa mal y acertarás». El tío se había visto con una bomba editorial en las manos, se había fugado con el secreto y ahora estaría rumbo a Norteamérica para vender por una millonada la exclusiva del libro a una de esas editoriales que hacen de un cuento un best-séller.

Pero también pensé que en el mundo todavía hay personas legales y que alguien podía haber engañado al hombre. Partiendo de esta segunda suposición decidí profundizar.

—¿Desaparecido? ¿Dónde?

—En París. Hace tres días que no sé nada de él.

—¿En París? ¿Y qué hacía en París?

—Solicitar los permisos de estancia en Nueva Amsterdam por un período de seis meses.

Yo cada vez entendía menos.

—Pero ¿no habíamos quedado en que la isla es holandesa? ¿Qué hacía tu marido en París, si puede saberse?

—Sí. Puede saberse. Como te he dicho, cuando los holandeses fondearon en esa isla cometieron un error fatal: no tomaron posesión de ella en nombre de la corona. Así, tras la breve y forzada escala del *Dutch Tulip,* nadie volvió a ocuparse de Nueva Amsterdam, isla pequeña, pobre y apartada de todas las rutas de navegación.

—Entonces llegaron los franceses —deduje.

—Sí. Pero eso fue unos doscientos años más tarde. Allá por el año 1830, cuando un aventurero y explorador francés llamado Dumont D'Urville realizó varias expediciones por esas latitudes. Como consecuencia de ellas, Francia se anexionó una parte de la costa antártica, las islas Kerguelen, Crozet y, cómo no, Nueva Amsterdam, que ahora, por tanto, pertenece a Francia y es administrada por un organismo dependiente del Ministerio de las Colonias de Ultramar...

Nina suspiró. Imaginé que porque la narración llegaba a un punto que había afectado directamente a su vida personal.

—Con ellos había ido a hablar Bob del permiso de residencia en la isla, cuando desapareció.

«A lo mejor es verdad y no se ha largado con la exclusiva», pensé, y, como aquello tomaba tintes de misterio, le expuse mis dudas:

—¿Y no te parece un caso más propio de la policía que de un periódico?

—En principio sí, pero antes de que esto sucediese, Bob y yo nos habíamos prometido no decírselo a nadie hasta que estuviésemos seguros de la procedencia de los restos humanos. Si llamo a la policía, tendré que dar muchas explicaciones, y nuestro secreto se propagará a los cuatro vientos. Y hemos dedicado tanto esfuerzo que ahora, a falta de un solo paso para completar nuestra teoría, nos resulta muy duro revelarlo al mundo.

Pensé que estaban un poco locos, pero no lo dije.

Ahora, ella no parecía hablar para el micro, sino para sí misma:

—Desde luego, si su vida corriese peligro, iría inmediatamente a la policía. Pero antes de dar ese paso he preferido quemar los últimos cartuchos. ¿Crees que vosotros nos/me podríais ayudar?

Me paré a pensar un momento. El reportaje parecía bueno. Aquello podía ser grande, pero aún tenía que atar algunos cabos antes de darle la respuesta definitiva.

¡¡*Clack*!!, sonó encima de la mesa. Se había acabado la cara A. Nina volvió a dar un respingo en la silla. ¡Pobre! Estaba tan tensa que se asustaba a la mínima de cambio. Mientras le daba la vuelta a la cinta, le dije que se tranquilizara, que entre los dos encontraríamos una forma de que el periódico la ayudase. Ella asintió y, cuando la vi más relajada, le expliqué la estrategia que debíamos seguir:

—La noticia parece interesante, pero la última decisión la toma la directora del periódico, y para que ella te ofrezca su colaboración debemos presentarle un informe lo más completo y detallado posible. Si da el visto bueno pondrá a tu disposición todos los medios necesarios. Y no escatimará gastos...

Nina era lista y lo comprendió bien. Yo seguí con el plan:

—Pues vamos allá. Ahora vas a contarle al magnetófono, de forma clara y comprensible, qué pasos disteis hasta tropezar con ese cajón de huesos y cómo y cuándo llegasteis a la conclusión de que esos esqueletos podían encerrar las claves del origen del género humano... ¿Estás de acuerdo?

—Claro —me contestó, consciente de lo mucho que tenía que ganar. Se echó hacia delante, puso el codo sobre la mesa y apoyó la barbilla en la palma de la mano.

Yo seguía descalzo, pero los pantalones y el pelo se me habían secado ya, y me sentía mejor. Lo malo es que empezaba a tener hambre. De repente me acordé de que esa mañana me había vuelto a quedar dormido y, en mi afán por no llegar tarde a la redacción, no había desayunado. No importaba, terminaría la entrevista, pincharía algo en el bar del Instituto y me iría al periódico para dejar las cintas. Iluso de mí.

De nuevo apreté el REC y Nina empezó a hablar.

—Conocí a mi marido hace cinco años, en Londres. Yo hacía un curso sobre datación de fósiles en el London College y un día leí en el tablón de anuncios que el doctor Bob Rosenthal iba a dar una conferencia sobre las contradicciones y lagunas existentes en la teoría del origen africano de la especie humana. Me interesaba el tema, y decidí asistir a la charla. Pero no oí ni palabra. Sobre la tarima, el hombre más alto, más guapo, más fuerte y más inteligente del mundo divagaba sobre no sé qué, en no sé dónde. Cuando terminó, le abordé a la salida del aula, le hice un par de preguntas tontas y, como muy interesada, quedé en ir a su despacho al día siguiente. Así lo hice, y tras exponerle cuatro o cinco dudas, que en realidad no eran dudas, sino excusas para verle, nos citamos para comer al otro día. Dos fines de semana más tarde fuimos a Salisbury para visitar las ruinas de Stonehenge y un mes después éramos inseparables. Además de culto, trabajador e inteligente, Bob era sensible y cariñoso, por lo que no tardé en enamorarme de él. Yo también le gusté, y durante el tiempo que estuve en Inglaterra me llevó a un montón de sitios interesantes, e incluso pude pasar las mañanas en su laboratorio, donde me enseñaba nuevas técnicas y trucos de su/nuestro trabajo. Tres meses mas tarde regresé a España. Él venía a verme siempre que podía, y cada vez estábamos mejor juntos. Hace tres años fuimos a los sanfermines, donde por cierto no vimos ni un toro, y en septiembre nos casamos. A los cuatro meses, yo conseguí una plaza de ayudante en el Instituto y él hizo un intercambio de Londres con Madrid, renovable cada tres años. Así que llevamos aquí casi dos, dedicando todo el tiempo libre a rastrear las huellas de nuestra especie. Habíamos hablado mucho de ello, casi desde el primer día que nos conocimos, y cada vez estábamos más seguros de que nuestro género no procede de África como cree mucha gente, sino de algún lugar mucho más al Este. Y cuanto más avanzábamos en nuestras investigaciones, más evidente era que teníamos razón. Intentaré resumirte en qué consisten nuestros progresos.

«Qué bonito», pensé. «Pero a ver si se centra en la historia y nos vamos a desayunar.»

Ella pareció leerme el pensamiento.

—Los últimos hallazgos antropológicos y los enormes avances en genética confirman que el hombre actual procede de un solo tronco, de una familia o grupo de familias que vivieron en un lugar común hace miles de años. Lo que se ignoraba por completo es dónde y cuándo vivieron esos primeros humanos.

»Aparte de las evidentes similitudes físicas, sociales e intelectuales que existen entre todos los pueblos de la Tierra, hay dos cosas que demuestran la unidad del género humano actual: la fecundación y el código genético. La primera corrobora que todos pertenecemos a la misma especie porque, del apareamiento entre un hombre y una mujer, por muy diferente que sea su lugar de nacimiento, no nace un híbrido ni un mutante, sino otro ser humano como tú y yo. La segunda no sólo es común en el 99,99 por ciento a grupos tan dispares como los bosquimanos, los finlandeses, los gitanos o los esquimales, e incluso a los restos de *homo sápiens* encontrados en tumbas prehistóricas, sino que confirma que todos descienden de un mismo grupo humano.

Nina paró un momento para ver si mi expresión denotaba incredulidad o simplemente incomprensión. Pero no hice el menor gesto que le permitiera adivinar mis pensamientos. Ella siguió:

—Cuando hablo de grupo, no me refiero a dos personas solas. Descendemos de uno, dos o tres grupos humanos compuestos por 200 o 300 individuos, bastante parecidos entre sí, que en cierto momento de la historia convivieron juntos en algún lugar del planeta. Desde allí se fueron dispersando hasta poblar toda la Tierra... Y ¿qué tenían estos primeros humanos que los hacía diferentes y superiores al resto de los primates de su época? Muy sencillo, amigo Salomón: la capacidad de R-A-Z-O-N-A-R. Y ¿de dónde proviene esa capacidad?

Nina parecía estar examinándome. Pero, como yo no abría la boca, se tuvo que responder su propia pregunta.

—De la curiosidad.

«Vaya, hombre», y pensé en las revistas del corazón. «¿Existirían ya en aquella época?»

—De la curiosidad deriva el sentido de la observación, y de éste, la capacidad de adaptar para el uso propio algo que se da en la naturaleza. ¿Me sigues, Salomón?

—De momento, sí.

—Bien. Tenemos, pues, dos o tres grupos que, gracias a un agudo sentido de la observación, progresan rápidamente en el aspecto tecnológico. Así dominan su entorno, lo que posibilita su crecimiento demográfico. Pero ¿dónde dio sus primeros pasos la humanidad? ¿Dónde vivieron estas gentes?

Otra preguntita. Yo, mutis.

—Bob y yo estudiamos durante meses las características del posible emplazamiento de la cuna de la humanidad y llegamos a la conclusión de que ese territorio debía reunir todas las condiciones favorables para que uno o dos grupos pequeños creciesen y se desarrollasen. Algo parecido al Paraíso Terrenal: clima benigno, abundante comida y ausencia total de depredadores y plagas. Hay que tener en cuenta que aquellos grupos, muy poco numerosos y con recursos muy elementales, eran muy vulnerables. Cualquier eventualidad podría haberlos borrado del mapa en un santiamén. Afortunadamente, no fue así. ¿Cómo era, pues, aquel primitivo santuario de paz y abundancia?

Nina seguía emocionada con su discurso cuando, de repente, se abrió la puerta. Otro susto. La desdichada no paraba. Y lo que era peor, me estaba contagiando: yo también me sobresalté cuando apareció en la puerta una cara preguntando por no sé quién.

—No, aquí no está —contestó Nina con la mano en el corazón. El individuo cerró de un portazo, y ella retomó la historia—: Tras elaborar el perfil de ese paraíso, Bob y yo delimitamos la zona de la Tierra donde podía encontrarse. América quedó descartada: está sobradamente demostrado que se pobló mucho más tarde. Sólo nos quedaba la franja ecuatorial de África, el sur de la India, el sudeste asiático y una parte de Australia. En uno de esos lugares tuvo que estar, pero... ¿en cuál?

»Como no logramos fijar el emplazamiento exacto, pasamos a investigar otro tema crucial: qué aspecto físico tendrían los primeros humanos. Dedujimos que serían bajitos, entre 1,30 y 1,40 metros, pues la raza tiende a crecer; fuertes, porque vivir en contacto permanente con la naturaleza así lo exige, y de piel oscura, debido a que vivían en un lugar cálido y soleado... Más o menos del color de tu piel —precisó señalando mi brazo.

En ese momento, me sentí orgulloso de conservar el color de piel de los primeros padres del género humano. Al parecer, los demás habían ido destiñendo con el paso del tiempo.

Pero Nina seguía hablando, ajena a mis pensamientos.

—Por supuesto, andaban rectos. El hombre nunca anduvo a cuatro patas. Siempre fue bípedo y terrestre. Pero en sus orígenes era tan ágil y fuerte que no le costaba ningún esfuerzo encaramarse a los árboles para escapar de cualquier peligro. Afortunadamente, podemos hacernos una idea aproximada de cómo era —añadió abriendo un libro de fotos que había sobre la mesa—, pues hoy sigue habiendo etnias que conservan los rasgos primitivos. Por ejemplo, los pigmeos, que viven en las selvas de África central, en las islas de Andamán y en Malasia, y las tribus predrávidas que habitan en las montañas de Ceilán y en los desiertos de Australia.

Mientras hablaba, Nina me mostraba fotos de individuos bajitos, negros, de nariz aplastada y pelo ensortijado que tenían un cierto parecido, a pesar de los miles de kilómetros que los separaban.

—También tienen un modo de vida común: son cazadores recolectores. Poseen un armamento rudimentario; algunos de ellos no conocen ni el arco. Sus viviendas son muy sencillas: cuevas o chozas de ramas. Hacen fuego friccionando la madera. Van casi desnudos. Se concentran en pequeños grupos nómadas y conocen el arte: pintan sobre sus cuerpos, en la corteza de un árbol o en las rocas con colorantes extraídos de la naturaleza. Pero ¿qué tienen en común todos estos pueblos desde el punto de vista geográfico?

Yo, ni idea.

—Mira el mapa —Nina cogió un atlas de su mesa, lo abrió por la doble página titulada *Océano Índico* y lo giró hacia mí. Yo miré un rato, pero como no vi nada especial permanecí callado. Ella me aclaró el misterio.

—El océano Índico, Salomón. ¡El océano Índico! —insistió señalando en el atlas varios lugares con su dedo—. Como ves, estas tribus viven en tierras lindantes con ese gran mar, lo cual nos conduce directamente a la siguiente pregunta: si el género humano, como nosotros creíamos, nació en África..., ¿cómo llegó a Oceanía? Ése era nuestro gran desafío. Un año antes no pudimos resolverlo. Ahora sí.

Nina marcaba las rutas con un puntero según me las iba explicando.

—Para salvar esa inmensa distancia sólo son posibles tres caminos. El primero es el del Norte, el terrestre. Salir de África por la península arábiga y bordear el océano hasta llegar a Oceanía. Pero si los primitivos africanos llegaron a Australia con el mismo bagaje técnico y cultural que tenían en África, ¿cómo es posible que no se hayan encontrado en el camino vestigios arqueológicos o antropológicos de su paso? —me miró fijamente para que yo mismo dedujese la solución, cosa que evidentemente, no hice.

—Seguramente, porque no fueron por allí —me aclaró.

—La segunda ruta —siguió— pasaría por la Antártida en la época en que los hielos la unían con África. Pero esa opción parecía más que improbable, así que también la descartamos. Por tanto, ya sólo nos quedaba la tercera, la vía marítima. A través del Índico. Pero tampoco ésta parecía verosímil, pues los humanos somos de naturaleza terrestre y hubiese sido más fácil emigrar por tierra que aventurarse a cruzar mares desconocidos... Y aquí nos volvimos a estancar.

«Estancada tengo la mente», pensé yo, pues no lograba asimilar con suficiente rapidez tanto dato. Mis sipnasis eran mucho más lentas que el discurso de Nina, no sé si por el hambre o por el madrugón. Pero yo disimulaba bien y seguí como atento a la narración.

—Así permanecimos varios meses. Pero un día, mirando el mapa del Índico, se nos encendió la bombilla. ¿Y si en aquella época era el océano diferente? ¿Y si no era tan grande como en la actualidad? Partiendo de ese supuesto, dedicamos los meses siguientes a recoger información sobre cómo era la Tierra hace unos 100.000 años, y descubrimos que esa época coincidió con una gran glaciación. Debido al intenso frío, gran parte de las tierras del hemisferio Norte se cubrieron de hielo y el nivel de los mares llegó a ser unos 150 metros más bajo que el actual. Con estos datos, reprodujimos con escayola el fondo del océano Índico y las tierras circundantes en un gran acuario, lo llenamos de agua hasta el nivel del mar actual y empezamos a vaciarlo poco a poco siguiendo la secuencia climática. A medida que el agua descendía, ¿sabes qué encontramos?

—¿Yo? ¡A santo de qué lo voy a saber! —respondí ya medio harto.

—Pues que, según retrocedíamos en el tiempo —continuó ella, impasible—, Australia, Nueva Guinea y muchas islas de Melanesia quedaban unidas al continente asiático por enormes lenguas de tierra emergida. Pero lo más importante para nosotros apareció en mitad del Índico: una inmensa isla de forma alargada, y de una extensión semejante a la de Portugal, cuyo pico más alto... ¡es el volcán extinguido que todavía hoy se ve en Nueva Amsterdam! —dijo triunfante y añadió—: Pero no fue ésa la única sorpresa, Salomón. Hubo más. ¿Sabes lo que es un dorsal?

Esa pregunta sí me la sabía:

—Un músculo de la espalda —contesté orgulloso.

—No me refiero a eso —me rectificó riéndose, creo que de mi ignorancia—, sino a los dorsales oceánicos.

—Entonces, no —reconocí.

—Un dorsal es una cordillera bajo el mar. Y en el Índico hay tres: el de las Mascareñas, que va desde el centro del océano hasta la costa oriental de África; el Noventa Este, que cruza en línea recta de sur a norte y muere en el golfo de Bengala, y el Transoce, que llega a las costas occidentales de Australia. Y ¿sabes dónde convergen los tres?

—No. No lo sé —contesté resignado.

—Pues en el centro geográfico del océano, justo donde se encuentra Nueva Amsterdam —me respondió exultante—. Así que cuando el agua de nuestro acuario bajó hasta reproducir el nivel del mar hace unos 80.000 años, pudimos contemplar un rosario de islotes que conectaba África, Australia, India y la península Malaya.

Nina parecía estar viendo a miles de hombrecitos saltar de isla en isla para llegar de un continente a otro sin mojarse los pies. Cuando se le pasó la visión, siguió.

—De repente, teníamos delante un océano en miniatura por el que casi se podía viajar de un lado a otro pasando de isla en isla. Y justo en mitad de dicho mar surgía una gran extensión de tierra equidistante de Australia, del Sur de la India y de África... ¡Aquello parecía algo más que una coincidencia! ¡Bien podía ser la patria común que buscábamos! Tal vez el mito de la Atlántida era cierto y en un tiempo pasado fuimos atlantes. Isleños. Habitantes de un mundo hoy sumergido. O sea que, ni los pigmeos de África, ni los vedas de Ceilán, ni los onge de Andamán, ni los aborígenes australianos cruzaron el Índico. ¡Vinieron de él!

—Un momento —interrumpí. Paré la cinta porque por un instante creí que se me iban a salir los datos por las orejas y le dije—: ¡¡Uffff, qué cantidad de cosas! Creo que nuestra jefa se va a hacer un lío con tanta tribu y tanto viaje... ¿Queda mucho? —le pregunté pensando no sólo en mis ganas de almorzar, sino también en los problemas de entendimiento que podía tener la jefa.

—Por quedar, queda —dijo Nina, dándose cuenta de que tal vez se estaba liando un poco—. Pero voy a saltarme algunas cosas y explicar cómo dimos con la isla de Nueva Amsterdam y con los huesos.

—Me parece bien —volví a apretar el REC. La cinta siguió hablando y Nina girando... ¿O era al revés? Mi mente ya estaba un poco confundida.

—Dada la importancia de nuestro descubrimiento, nos dedicamos a recoger información sobre esa parte del mundo. Y así conocimos la historia del Almirante Brouwer y el hallazgo de Van der Neis. El verano pasado, Bob y yo fuimos a Amsterdam con idea de analizar a fondo los diarios y cuadernos de bitácora de Brouwer. Sabíamos que necesitábamos una gran dosis de fortuna para localizar nuestro objetivo. ¿Fortuna? ¡El gordo de la lotería nos tocó cuando nos enteramos de que los holandeses (tan metódicos y cuidadosos) conservaban los documentos en perfecto estado! Averiguamos que la Compañía Holandesa de las Indias Orientales quebró en 1799 y que todo su patrimonio pasó a manos del Estado. Los libros, manuscritos y archivos fueron trasladados a la Biblioteca Nacional y lo que había en sus almacenes terminó en un edificio moderno del barrio portuario de Zaamdam. En la Biblioteca Nacional encontramos el diario de a bordo de Van der Neis. Mientras leíamos el pasaje sobre el descubrimiento del yacimiento y mirábamos los soberbios dibujos a plumilla de huesos, sílex, dientes, y el plano de la cueva, notábamos cómo se nos ponía la carne de gallina. También averiguamos que, en los últimos cincuenta años, nadie había pedido el libro, con lo que tuvimos la certeza de que éramos los primeros en buscar nuestros orígenes siguiendo esa pista.

»Dos días más tarde, diciendo que queríamos estudiar los primeros viajes por la Ruta de las Especias, conseguimos los permisos necesarios para registrar el almacén de Zaamdam. El 4 de junio (lo recordaré siempre) bajamos al corazón de la historia de Holanda. Los objetos estaban clasificados por siglos, de manera que, según bajabas, ibas retrocediendo en el tiempo. El sótano cuarto era el nuestro. En él estaba lo referente al siglo XVII. Había armas de los primitivos indonesios, jarcias resquebrajadas, dos mascarones de proa, toneles y tinajas de barro para el agua. Al final, debajo de dos velámenes antiguos, vimos las cajas con una etiqueta raída en la que se habían escrito en holandés arcaico los nombres de «Van der Neis», «1612» y «Nueva Amsterdam». Había dos, una encima de la otra. Las movimos. Manoseamos en su interior. Un par de bichos salieron huyendo, y las telarañas se rompieron en pedazos. Con el mismo cuidado con que un cirujano extrae un corazón para transplantarlo, nosotros sacamos dos fragmentos de caja craneal, un par de tibias, una punta afilada de hueso y unas cuantas piedras para comprobar que aquellos restos coincidían con los descritos en el diario y, por tanto, eran los mismos que sacó a la luz Van der Neis. La emoción casi nos paraliza: era como si estuviésemos mirando directamente a los ojos de Adán y Eva. El tesoro estaba completo.

»Ahora ya sólo quedaba un paso: datar las piezas, cosa que conseguimos por medio de un colega del Departamento de Paleontología de la Universidad de Utrech que amablemente puso a nuestra disposición el laboratorio. El día que retiramos las cajas, haciendo pasar los huesos por esqueletos de marineros del XVII, creímos cerrar un ciclo que llevaba abierto desde que Darwin publicó su famoso libro... Los trabajos de datación confirmaron lo que sospechábamos: que habíamos encontrado la tumba de Eva.

Nina se irguió en la silla, orgullosa de su hazaña, para rematar el relato:

—Pero nos falta la prueba definitiva, que se encuentra en una cueva de una isla varada en mitad del océano. Debemos ir allí y excavar, y si lo que hallamos en aquel yacimiento coincide con nuestras estimaciones, Bob y yo pasaremos a la historia como las personas que encontraron la cuna de la humanidad —bajó los párpados e hizo una reflexión que me dejó inquieto—: Aunque a lo mejor terminamos cosidos a balazos en un callejón mugriento.

Tardó unos instantes en recuperarse de aquel lúgubre pensamiento, pero enseguida volvió al presente. Cerró el atlas, guardó las fotos y concluyó:

—Cuando volvimos de Amsterdam, nos dedicamos a redactar nuestra teoría, y salió un trabajo de 800 folios. Es éste.

Nina se levantó, retiró unos libros del estante que había tras ella, quitó una madera y de un escondrijo sacó un mamotreto enorme, que hojeó delante de mí. Yo aproveché la interrupción para hacer unas fotos de ella y del laboratorio.

—Aquí está todo escrito —me indicó mientras se sentaba.

Le eché un vistazo.

—Cuando hace tres semanas —continuó— acabamos el resumen de nuestra teoría, en el que, por supuesto, no revelábamos la situación de la cueva, ni la fecha del yacimiento, Bob concertó una cita en París con el subsecretario del Departamento Antártico del Ministerio de las Colonias para hablar de los permisos de excavación. Se la dieron para el lunes pasado, hoy hace cinco días. Y hace cuatro que no sé nada de él.

Rápidamente paré la cinta y empecé a recoger, no se le hubiera olvidado contarme algo y me tuviera allí dos horas más.

«Espero que la directora la aguante toda», pensé. Yo estaba tan hambriento que, al levantarme, vi una lechuza disecada en una vitrina y me la imaginé en pepitoria y diciéndome «¡cómeme!».

—¿Y no has recibido —pregunté a Nina mientras guardaba los bártulos— ni una llamada, ni un telegrama de tu marido?

—No —contestó—. He llamado al hotel varias veces, y siempre me han respondido lo mismo: *Mr. Rosenthal n'est pas encore rentré.* Todavía no ha vuelto. Con el único que he podido contactar es con Roger Debry, un amigo nuestro que trabaja en el Museo del Hombre y que cenó con Bob la víspera de su misteriosa desaparición. Según él, al día siguiente tenía una cita importante con alguien que le podía conseguir los permisos para excavar en la isla. Pero nada más —de pronto, Nina cambió de tema—: ¿Crees que a tu gente le interesará la historia?

—Me parece que sí, pero no te puedo adelantar nada porque es la jefa quien decide.

—¿Por qué no la llamas y le dices que es importante? A ver si puede oír la cinta pronto.

Yo, que veía a Nina impaciente por saber algo, accedí.

Marqué el número, pedí que me pasaran con doña Adela y, en cuanto se puso, supe que tendría que aguantarme el hambre, como mínimo, hasta la hora de la merienda.

—Vamos a ver —oí por el auricular, a la vez que escuchaba el paso de las hojas de su agenda—. Esta tarde, no: reunión de... Esta noche, imposible: cena con... Lo siento, pero si queréis que os atienda tiene que ser ahora mismo. Coged un taxi y venid para acá.

Se lo dije a Nina y se le iluminó la cara. De repente pareció unos años más joven. Su expresión viajaba sin problemas a través del tiempo: adulta y seria cuando recordaba al marido perdido, y alegre y jovial cuando se le ofrecía una solución para seguir con su búsqueda. Cogió su bolso de artesanía guatemalteca, metió un par de cosas, el ejemplar de su tesis, cerró con llave el departamento y salimos a la calle.

El día había dado otro cambio típicamente primaveral: el sol volvía a brillar y, como ya era casi mediodía, picaba. Yo, antes de salir, intenté ir a la cafetería, pero ella me dijo que lo olvidase porque a esa hora había que estar por lo menos diez minutos en la cola para conseguir un minúsculo pincho de tortilla. Desistí. Fuimos a la parada de taxis y montamos en el primero de la fila.

Tardamos bastante tiempo en llegar a la redacción porque, con el asfalto mojado, el tráfico se pone imposible, y yo aproveché parte del trayecto para animar a la exploradora.

—Supongo que es duro no saber dónde está el marido, pero el asunto no parece tan importante como para que le hagan daño. A lo mejor está encerrado con otro periodista que le ha ofrecido una fortuna por la exclusiva.

Ella me dirigió una sonrisa de agradecimiento, pero no contestó. Sentí que sus pensamientos se encontraban muy lejos y opté por callarme y pensar en la teoría del origen del hombre que acababa de exponerme. Así descubrí que algunas cosas no me habían quedado muy claras y las apunté en el cuadernillo de notas con el fin de planteárselas en una ocasión más propicia. Estaba garabateando los textos cuando llegamos a nuestra sede.

Pagué el taxi a cambio del obligado recibo. Nina dio sus datos al guardia de seguridad y subimos a la tercera planta, donde Angélica, Kely, la secretaria de la jefa, nos recibió y nos invitó a tomar asiento. En el silencio de la antesala escuché un par de veces el rugido de mis tripas, pero, por suerte, sólo las oí yo. Diez minutos mas tardé se abrió una preciosa puerta de caoba.

—Pasen —nos dijo doña Adela, mujer de anchas caderas, pelo blanco, bien peinada, impecable traje gris, voz seca pero clara y porte de armas tomar—. Veo, Salomón, que tus prácticas están resultando interesantes. Me alegro —pero enseguida me vio los lamparones del pantalón y el barro de los zapatos y me preguntó—: ¿De dónde vienes tan desarreglado?

Le expliqué el contratiempo del chaparrón y la faena del autobús, y me dijo que en cuanto terminase allí fuese a casa a cambiarme, porque ésas no eran pintas para ir a trabajar. Yo estuve de acuerdo.

Le presenté a Nina, le dije quién era, qué hacía y por qué estaba allí. Le resumí en pocas palabras la grabación que traíamos y le di la cinta. Ella la cogió y nos condujo hacia el tresillo que había en una de las esquinas de su lujoso y amplio despacho. Nos acomodamos sobre un mullido y relajante sofá de cuero gris, rodeados de pinturas modernas elegantemente enmarcadas que colgaban de la pared, y cerca de un soberbio equipo de alta fidelidad, del que salía una suave música de fondo, creo que de Bach o de algún otro pesadísimo clásico.

—Sentaos, por favor —nos invitó—. Salomón, haz el favor de poner la cinta... ¿Queréis tomar algo?

¡Ay, si yo hubiera tenido más confianza! ¡Le habría sugerido unos canapés de esos que a veces veo subir de la pastelería de la esquina! Y una cervecita. Pero no me atreví y, para colmo, Nina no quería nada.

Introduje la casete y pulsé el PLAY. Doña Adela empezó a escuchar con aire distraído. Seguramente oía todos los días decenas de historias, cada cual más aburrida, y eso la había hecho escéptica en materia de reportajes. Pero, hacia el final de la primera cara, noté un destello de curiosidad detrás de sus gafas de varilla dorada y vi que se iba poniendo más y más tensa a medida que avanzaba la grabación. En mitad de la cara B, totalmente incorporada en el sofá, llamó a su secretaria por el interfono y le dijo que no le pasase ninguna llamada. Diez minutos después ya le había pedido a Nina el libro con sus teorías y lo ojeaba mientras daba vueltas por el despacho sin perderse detalle de la narración. Segundos antes de que terminara, miró el reloj, cortó la cinta y nos dijo con ese aire infalible que tienen a veces los directores:

—Quiero esta historia.

Nina saltó del sofá y y estuvo a punto de abrazarla. Yo me puse a tiritar. Tiritona doble. Por un lado, de emoción. Por otro, de miedo a ser sustituido por algún enchufado. Doña Adela se acercó de nuevo al interfono y dijo una de las cosas más agradables de aquel largo día:

—Kely, encarga canapés para tres. Que los suban ahora. Y dile a Rubén, el abogado, que baje con un modelo de contrato.

Cuando llegó el piscolabis, me dominé para no tirarme de cabeza a la trucha en escabeche y a las albóndigas de ternera, y procuré comer con recato mientras Nina y la jefa hablaban de negocios. Ellas ni miraron la bandeja.

—Y a cambio de esta exclusiva, ¿en qué podemos ayudarte, Nina?

—Sólo necesito vuestra colaboración para una cosa. Mis planes inmediatos son ir a París y averiguar el paradero de Bob. Espero que no le haya sucedido nada malo, aunque bueno tampoco ha podido ser cuando lleva tanto tiempo sin dar noticias. Desde allí pensamos viajar a Ceilán, y aquí es donde entra vuestro periódico. El Museo Oceanográfico de Mónaco tiene tres barcos de investigación que pone a disposición de cualquier persona, universidad o empresa que quiera hacer estudios sobre el terreno. Los alquila. Son muy caros, pero están preparados con los últimos adelantos de la técnica, y el alquiler incluye tripulación especializada, libre utilización de los laboratorios e incluso cocinero diplomado. Hace un mes, el Museo nos anunció a Bob y a mí que el día uno de mayo quedaba libre en las proximidades de Ceilán el *Explorer III,* el más moderno de la flota. Nosotros respondimos que estábamos interesados en alquilarlo y nos contestaron que no había inconveniente, pero que teníamos que pagar por adelantado —hizo una pequeña pausa y prosiguió—: El problema es que el plazo acaba pasado mañana. Mi marido y yo hemos hecho algunas gestiones para que lo financie el Instituto, pero todavía no nos han respondido, y si no contesto a los monegascos en las próximas cuarenta y ocho horas, perderemos la reserva y la posibilidad de llevar a cabo uno de los hallazgos más importantes de este siglo.

Nina se quedó esperando.

—¿Y cuánto cuesta el alquiler del barco? —preguntó doña Adela, muy en su papel.

—Cuatrocientos mil francos franceses. A cien mil por mes. Si le parece mucho, podríamos reducir la campaña a dos o tres meses.

La jefa se lo pensó un poco:

—De reducir, nada. En todo caso, prolongarla. Nina, cuente con el barco.

Cuando oyó la última frase, Nina casi se echó a llorar y le dio a mi jefa un abrazo que estuvo a punto de estrujarla. En cambio, yo me atraganté con un pastelito de espárragos y me dio una tos tan fuerte que doña Adela tuvo que darme unos golpecitos en la espalda.

—Gracias, Adela. Te prometo que tendrás el reportaje de tu vida —le dijo Nina mientras le plantaba un beso en la mejilla.

—Bueno, pues ahora que estamos de acuerdo, empecemos a trabajar —la jefa se dirigió al interfono e hizo venir a su *secre.*

—Kely, toma los datos del Museo Oceanográfico que te va a dar Nina. Ponte en contacto con ellos y diles que el dinero llegará esta semana.

La eficiente Kely tomó nota de todo y, al salir del despacho, se cruzó con Rubén, que bajaba con la cara congestionada y la chaqueta mal puesta por las prisas. Me habían dicho que era un pelota y que perdía el culo por complacer a los directores. Al parecer, era verdad.

—¿Se puede? —interrumpió la voz de Rubén, cuyo rostro me recordó el de Ken, el novio de la Barbie, con sus rasgos perfectos y su pelo engominado. Bajo el brazo traía un montón de papelotes.

—Esto es lo que me ha pedido, doña Adela —se acercó con andares muy educados y le entregó los papeles.

—Gracias. Sentémonos.

Mientras el abogado, doña Adela y Nina se acomodaban en la mesa de consejo, yo permanecí agazapado en el sofá, con la esperanza de que a ellas no les entrase el hambre y se dieran cuenta de que me había comido casi todos los canapés. También pensé ir a casa a cambiarme, pero me quedé quieto, por miedo a perder el hilo de la historia o a que me sustituyesen de una manera rastrera y vil durante mi ausencia. Con disimulo saqué de la bolsa el jersey, todavía medio mojado, y lo puse sobre el respaldo del sofá para que se acabase de secar.

Mientras tanto, el abogado pedía información a la paleontóloga y rellenaba los espacios en blanco de los impresos. Al cabo de media hora se los dio a firmar.

—Léelo tranquila, y si te parece bien, firmas —dijo.

Nina leía entre dientes, y yo sólo entendía frases sueltas: «Nina Rosenthal, domiciliada en... casada con..., se compromete a ceder la exclusiva de... para su publicación en soporte de papel, electrónico, magnétic... A cambio, el diario *A fondo* se compromete a financiar los gastos de la expedic... mmmmm... mmmmm... por el precio de... en el buque *Explorer III* perteneciente al Museo Oceanogr... mmmmm... mmmmm... Y en todo momento una persona de nuestra redacción... Cláusula primera: En caso de fallecimiento... Cláusula segunda... Cláusula tercera: Los derechos de publicación del reportaj... Cláusula séptima: Los abajo firmantes se comprometen a... Cláusula undécima: No se contempla un anticipo monetario debido al carácter... En Madrid a ... de abril de mil noveci...

—Estoy de acuerdo —ratificó Nina. Y firmó.

Después se estrecharon la mano, ahora como socias y, mientras Nina cogía su bolso, la jefa dijo una frase que iba a cambiar mi vida.

—Habrás visto que en el contrato se estipula que te acompañe durante la expedición una persona de esta empresa. Ella nos mandará las crónicas y hará de intermediario entre el periódico y tú. Ahora veamos a quién envío.

Cogió unos papeles de encima de la mesa. Yo estaba hecho un flan. Pero como era un principiante, tenía pocas posibilidades de ser el elegido. Con el dedo repasó la larga lista.

—Qué fastidio —concluyó—. De los cuatro que hay disponibles, Salgado va a ser padre dentro de nada; Roca acaba de casarse, y cualquiera le envía cuatro meses a una isla desierta; Lucrecio está pendiente de una declaración ante el juez yyyyy...

A mí me pareció que el «y» duraba una eternidad. Ella dejó la lista y me miró.

—Salomón —dijo en tono de resignación—, me parece que voy a tener que confiarte esta labor. Eres soltero, joven, espabilado y puedes perderte durante unos meses. Ya sabes —se me acercó y me puso la mano en el hombro—, no nos defraudes, haz bien tu trabajo, toma buenas fotos y envíanos una crónica diaria. Hazlo por fax, por correo electrónico, a gritos, por satélite o como quieras, pero tenme al día. A partir de ahora eres la sombra de Nina Rosenthal... Todo lo que ella haga deberá llegar a nuestros oídos a través de ti. ¿Hablas francés?

—Bastante bien —mentí.

—¿Inglés?

Ahora no tuve que mentir tanto.

—También bastante bien.

—Pues el reportaje es tuyo.

Me costó un montón no ponerme a saltar de alegría. Yo estaba muy nervioso, pero, para tranquilizarla, le dije muy serio:

—No se preocupe, doña Adela. Estoy dispuesto a dar mi vida por nuestros antepasados. Y le aseguro que a la vuelta me habré ganado una mejora sustancial de mi contrato... —se me pasó por la cabeza la palabra «basura», pero rectifiqué a tiempo y dije—: temporal.

Ella, como buena empresaria, totalmente opaca.

—Ya veremos. Ahora pasa por administración. Que te den una tarjeta *interflight* para pagar los viajes en avión; dinero en metálico para tus gastos, y un talonario de cheques de hotel. Pagas lo tuyo y lo de los

Rosenthal. ¿De acuerdo? Y que Paco te dé una buena cámara de fotos y material de grabación... ¿Tienes el pasaporte en la mesa como es tu obligación?

—Claro —dije orgulloso. Ése era uno de los mandamientos del periódico: el pasaporte y el cepillo de dientes siempre a mano. Yo, desgraciadamente, el cepillo de dientes no lo tenía, y lo lamenté, sobre todo cuando oí que, a la pregunta de doña Adela sobre cuándo salíamos para París, Nina respondía:

—Esta misma noche. Hay un vuelo a las ocho y no quiero perderlo. Si no te importa, llamo y hago la reserva desde aquí.

Y ese mismo día, con unos zapatos embarrados que empezaban a hacerme llagas en el talón a causa del estreno, con el pantalón lleno de manchas y sin más equipaje que la bolsa de trabajo, mi nombre quedó inscrito en la lista de pasajeros del vuelo Air Class 5670.

Estreché la mano de la jefa, me despedí de la *secre*, bajamos en el ascensor y entramos en el taxi que nos esperaba en la puerta. Teníamos el tiempo justo para llegar al aeropuerto y, viviendo en Alcorcón, cualquier intento de pasar por casa era inútil.

Nina tuvo más suerte: como vivía al lado de Barajas, pudimos subir un momento a su casa. Esperé en el salón mientras ella hacía un par de llamadas desde su habitación, una de ellas en francés. La decoración era del más puro estilo étnico. Vasijas, fetiches, estatuillas y exvotos de culturas antiguas se repartían por la biblioteca, mesas y estantes. Un par de pinturas de batik con escenas indonesias y unas telas africanas cubrían las paredes, y un precioso *killim* turco iluminaba el parqué. Tras colgar el teléfono, revolvió unos cajones y enseguida salió con una bolsa de deportes a medio llenar. Llevaba una camisa de cuadros, pantalón claro, las botas por dentro, y recogida su larga melena. Desde atrás parecía que le resbalaba por la camisa una sangría de bronce y acero.

—Si quieres, puedes probarte algo de ropa de Bob —me dijo lanzándome un par de camisas y unos vaqueros.

Cuando me la puse, no pude distinguir si era una camisa o una bata.

—¿Cuánto mide y cuánto pesa tu marido?

—Algo más de dos metros y ciento diez kilos. Todo músculo.

—Vale, déjalo. Ya me compraré algo de moda *frangsesa* —le dije, viendo que mis dos piernas cabían en una sola de sus pantalones.

Antes de irnos, pasó por el salón, se acercó a una biblioteca, cogió cuatro o cinco libros y me los entregó.

—Toma. Para que en tus ratos libres te vayas familiarizando con la historia de nuestra especie.

—Lo siento, pero no me caben en la bolsa —dije.

Entró de nuevo en su cuarto y salió con una mochila de tamaño medio.

—Toma, puedes quedártela.

—Gracias. Me viene de perilla —agradecí. Trasladé el equipo, metí los libros y quedó espacio para algo de ropa. Cuando la tuviera.

Subimos en el mismo taxi, y nos llevó a todo trapo al aeropuerto porque ya íbamos muy justos de tiempo. Recogimos los billetes en el mostrador de Air Class, pasamos el control de pasaportes y... al banco en busca de unos francos. Antes de embarcar tuve tiempo de echar una ojeada a un pantalón y una camisa en una supertienda. Pero como los firmaba no sé quién (debía de ser alguien muy importante), valían casi tanto como el alquiler del barco oceanográfico, así que no tuve más remedio que seguir con mi manchado uniforme de campaña.

Nos elevamos sobre Madrid cuando la noche descendía. Unos suben y otros bajan. Llegaríamos a París hacia las diez, con todas las tiendas cerradas. Otro contratiempo, porque no podría comprarme ropa nueva hasta primera hora de la mañana. Tras rechazar la cena de a bordo, que tenía una pinta asquerosa, Nina me preguntó por mi tierra.

—Tú eres de la etnia fang, ¿verdad?

—¿Cómo lo has adivinado?

—Muy sencillo. Hablas español correctamente, pero eres africano. Los únicos que hablan tan bien nuestro idioma son los guineanos, y los fangs son los guineanos que tienen los rasgos más parecidos a los tuyos. Altos, delgados, cráneo alargado, nariz achatada, pelo negro ensortijado y labios grandes —enseguida añadió—: ¿De qué ciudad eres?

—Soy de Mitito Tandei, un pueblo pequeño del interior. No es muy conocido, pero se vive muy bien.

—¿Y qué haces en Madrid?

—Acabé la escuela en Guinea con buenas notas y me dieron una beca para hacer una carrera en España. Elegí periodismo porque me gustaba viajar y escribir sobre gentes y lugares. Terminé hace tres meses, y después conseguí un contrato de prácticas en el periódico *A fondo*. Cuando finalice, si no logro nada mejor, volveré a mi país.

—¿No te gusta España?

—Sí. Sí me gusta, pero prefiero África. Ya llevo cinco años en Madrid y he comprendido que las ciudades europeas no están hechas para mí. Yo me siento aquí como en otro planeta. Por más que lo intento, no logro acostumbrarme al tráfico, a la contaminación, a los horarios, a las prisas y al asfalto. Si añado a eso el estrés, el racismo y el carácter individualista de las personas, llego a la conclusión de que esto no es para mí.

—Es verdad. Aquí cada uno va a lo suyo —me dijo.

Yo le confesé mis planes:

—Volveré a África en cuanto pueda. A mi país o a otro cercano. Tengo ganas de trabajar en mi continente porque quiero contribuir a desmitificar la tragedia africana. Estoy cansado de que los periódicos presenten África como un continente perdido, un lugar devastado por la violencia, la desnutrición, las epidemias, el pillaje, la corrupción y el miedo. Ésa es una imagen falsa. Es verdad que hay regímenes totalitarios, crueldad y enfermedades. Pero también lo es que allí viven cientos de millones de personas felices y que muchos hombres han luchado y luchan para que nuestra gente tenga una vida más sana y más justa. Hombres que, como Julius Nyerere, Nelson Mandela, Thomas Sankara, se han dejado la piel para hacer de su tierra un lugar del que se pueda estar orgulloso.

Ella me comprendía porque conocía muy bien el espíritu de otras gentes y culturas.

—Pero tu apellido no es africano —comentó.

—Sí y no. Como sabes, en África abundan los nombres europeos. Allí puedes encontrar en plena selva un hombre con lanza y en taparrabos que se llama Pedro, o Antonio. Son los nombres que les ponen los misioneros al bautizarlos. Mi apellido, sin embargo, viene de más lejos. Procede de una familia española, los Narváez, que se afincó en Guinea hace un par de siglos. Eran parientes lejanos de un tal Pánfilo Narváez, célebre descubridor. Quizá por eso tenemos especial predilección por los nombres extraños.

—¿Nombres extraños?

—Sí. En mi familia hay unos cuantos verdaderamente raros. Por ejemplo, mi abuela se llamaba Sarcasmo. A un tío mío le pusieron Arcángel, y mi hermana menor se llama Guinda. Somos diez hermanos y...

Seguí un rato hablándole de mi familia y de mis amigos y de cómo los echaba de menos. También estuve tentado de comentarle que había tenido un par de novias blancas en Alcorcón, pero que al final las había dejado porque prefería una buena negrita a cualquier blanquita.

—Pero todo eso está muy lejos —acabé mi charla—. Ahora tengo que concentrarme en mis prácticas y mis estudios para salir de España con la mejor formación posible. Por eso voy a aprovechar esta ocasión para estudiar todo lo referente a los orígenes del género humano.

Ella se alegró.

—Me parece muy bien. Para comenzar, puedes coger *Los primeros homínidos*. Yo —se levantó del asiento, cogió un almohadón y una mantita del compartimiento del equipaje de mano— tengo tanto sueño que, si no te importa, voy a echar una siestecita hasta París.

Seguí su consejo. Metí la mano en la mochila y cogí el libro. Era fino y de letra grande, por lo que casi pude terminarlo. Así me enteré de que se han encontrado restos de seres humanos de aspecto diferente, de épocas a cual más remota y en tantas zonas del planeta, que eso de nuestro origen común no parecía nada obvio. El libro, en vez de aclararme las ideas, me las lió más. Así que anoté todas mis dudas en el mismo cuadernillo que había utilizado en el taxi para presentárselas a Nina cuando tuviéramos un rato libre.

Ella dormitó hasta que se despertó sobresaltada al oír el «din, don» de la campanita y el consabido «señoras y señores, dentro de cinco minutos tomaremos tierra en el aeropuerto de Orly Sud. La temperatura exterior es de...».

Mientras la voz metálica de la azafata se filtraba por encima de nuestras cabezas y las luces de París emergían de la noche bajo nuestros pies como un hongo de luz mortecina, le pregunté a Nina:

—Y ahora, ¿adónde vamos?

Se desperezó y me dijo:

—Hablé desde casa con Roger, el amigo que trabaja en el Museo del Hombre. Viene a buscarnos al aeropuerto porque necesito que me cuente su cena con Bob. Y nos llevará al hotel donde se alojaba Bob, pues quiero recoger sus cosas y ver si encuentro alguna pista que me pueda guiar hasta él.

Salimos del avión y nos encontramos con Roger al otro lado de una puerta acristalada. Era un hombre superbajo y regordete, de unos cincuenta años, y se expresaba bastante bien en castellano. Fuimos hasta el coche hablando del tiempo, de la carestía de la vida y del aumento del paro en Francia. Cuando ocupé el asiento trasero, sentí un gran alivio porque pude quitarme el zapato izquierdo. La llaga del talón se hinchaba por momentos y ya me hacía cojear ligeramente. Enfilamos por la autopista, y pronto aparecieron al fondo las luces de París, que por cierto no me parecieron diferentes de las de otras ciudades. A lo mejor, eso de Ciudad de la Luz no era por la iluminación nocturna. Durante el trayecto hasta el hotel, Roger nos contó su última entrevista con Bob:

—Cené con tu marido el martes por la noche. No parecía muy satisfecho de sus progresos burocráticos. Estuvimos hablando hasta las tantas y me contó todo lo referente a vuestras investigaciones: el descubrimiento de los restos en la isla y los planes de pasar una temporada en Nueva Amsterdam. El día anterior había estado en el Ministerio, pero sólo media hora porque el subsecretario le dijo que la isla ya no pertenece al Estado francés: la vendieron hace dos años...

Nina se quedó de piedra:

—¿Queeeeeeé? ¿Que han vendido la isla? ¿Cómo es posible?

—El Gobierno francés, para equilibrar los presupuestos, echa mano de su patrimonio. Según me contó Bob, en el Ministerio le dijeron que un importante grupo turístico hizo una oferta muy buena por la isla. El Gobierno estudió la propuesta, comprobó la solvencia del comprador y, tras sopesar pros y contras, se la vendió con pleno derecho. La única restricción que existe en el contrato es que el Gobierno francés podrá hacer uso de ella en caso de que lo exija la seguridad del Estado, cosa bastante improbable.

—¿Y quién has dicho que tuvo la genial idea de comprarla? —preguntó Nina, impresionada.

—Esa información también se la dio el subsecretario a Bob. Le Club Paradis, empresa que se dedica a levantar enormes complejos turísticos, a los que luego lleva a la gente de vacaciones. Son lugares con toda clase de instalaciones y comodidades, de cuyos límites no es preciso (a veces ni posible) salir. Tienen piscinas, saunas, pistas de tenis, campos de golf, restaurantes, cines, playas de ensueño y discotecas. En fin, todo lo imaginable para que el cliente no tenga que buscar en otro lado ninguna diversión. Aunque tampoco le resultaría muy fácil, porque suelen estar instalados en islas semivacías o en lugares solitarios. Supongo que habrán comprado Nueva Amsterdam para construir en esas latitudes un complejo así.

A medida que Roger hablaba, a Nina se le mudaba el color de la cara. Creo que estaba imaginando su cueva debajo de una sala de cine llena de gente comiendo pipas.

—¿Y qué hizo Bob entonces? —preguntó.

—Pues lo que habríamos hecho tú o yo, o cualquier otra persona: solicitar una entrevista con el director general de Le Club Paradis. Éste escuchó su propuesta y le contestó que tenía que someterla al consejo de administración. Bob se despidió amablemente y le dijo que esperaría noticias en su hotel. Esa noche, en la cena, le vi desanimado. Sentía que su proyecto empezaba a depender de demasiada gente, y así me lo hizo saber. Después, se fue a su hotel, y desde entonces no he sabido nada de él.

En ese momento apareció el luminoso del *Hôtel Des Etoiles*. Roger interrumpió el relato, aparcó en la puerta y salió con Nina. A mí me escocía mucho el talón por el roce, pero como no quería perderme nada, aplasté la parte de atrás de mis zapatos nuevos y me los calcé a modo de chanclas moras. ¡Qué poco me habían durado! ¡Dichosas rebajas!

Nina, mostrando su pasaporte, se presentó al recepcionista como la mujer del señor Rosenthal y le explicó que venía a pagar la cuenta y a llevarse sus cosas. Yo me adelanté y corté de mi talonario de hoteles los cheques correspondientes a siete noches y cancelé la factura. Acompañados de un *garçon*, subimos a la habitación. Todo estaba en orden: la cama hecha, la maleta cerrada encima de una silla, sus cosas de aseo en el lavabo y un par de zapatos debajo de la cama. Les eché un vistazo por si eran de mi número, pero me di cuenta de que me quedarían como los de un payaso. Los tres buscamos algún papel, mensaje o pista que nos pudiese orientar en alguna dirección, pero no hallamos nada, y un cuarto de hora más tarde bajamos con la maleta y sin tener idea de su paradero. Nina volvió a intentarlo con el recepcionista.

—Mi marido se fue de aquí hace tres o cuatro días. ¿Recuerda usted si vino alguien a buscarle?

—Nadie. Le pasamos una llamada a su habitación y después mandó pedir un taxi. Yo mismo llamé a la compañía.

—No sabrá quién le llamó.

—No señora.

—¿Podría localizar ese taxi?

—Claro. Siempre trabajamos con la misma empresa. Un momento, señora.

Nina vio un rayo de esperanza. El recepcionista se fue al cuarto de administración. Oímos que hablaba por teléfono y que al final decía:

—*Je vous remercie, monsieur.*

Cuando se reunió de nuevo con nosotros nos informó:

—El taxista que recogió a su marido estará aquí dentro de veinte minutos. Es un señor muy amable, pero deberán pagarle la carrera como si fuera un servicio.

—*Pas de problème* —Roger salió al paso.

—Pueden esperarle en el salón —nos invitó amablemente.

Le agradecimos el ofrecimiento, pero preferimos salir a la calle a tomar el fresco. Mientras esperábamos al lado de nuestro coche, Nina le pidió las llaves a Roger, abrió el maletero y sacó de la maleta de Bob un libro tamaño folio cosido con canutillo.

—Toma, Roger. Te lo regalo. Es un resumen del trabajo que hemos realizado a lo largo de estos últimos años. Lo trajo Bob y en él está casi todo. No se especifica dónde se encuentra la cueva, pero sí todo lo demás. Espero que te guste.

Roger agradeció el detalle, le echó una rápida ojeada y lo guardó en la guantera diciendo:

—Lo leeré tranquilamente en casa.

Al rato llegó nuestro hombre.

Era un francés bajo, medio calvo y con cara de pocos amigos, sin duda por llevar muchos años conduciendo por París, pero enseguida nos dimos cuenta de que era un persona agradable, y nos ayudó en lo que pudo.

—¿Recuerda a este señor? —dijo Nina, enseñándole una foto—. Lo recogió usted en el hotel el miércoles por la noche. ¿Adónde fueron?

—Hummm —miró hacia arriba—. Vamos a ver, ya sabe usted que con tantos viajes se nos hace un lío la cabeza...

En ese momento, Roger sacó un billete de cien francos y se lo entregó.

—Es por el servicio.

Cuando se lo metió en el bolsillo pareció recobrar la memoria.

—¡Ah... cierto! Le llevé a una barcaza atracada en la margen derecha del Sena, frente de la isla de Saint Denis. Era una barcaza bastante lujosa en comparación con las que suelen navegar por el Sena.

Por cierto, la carrera la pagó un señor que estaba esperándole a pie de puente. Un hombre corpulento, de traje negro y gafas oscuras. Él le acompañó al interior y yo me fui.

—¿Algún detalle especial? —Nina.

—Pues ahora que lo dice, recuerdo que me extrañó el dibujito de una de las banderas.

—¿Qué era?

—En un mástil colgaban tres banderas; una era la francesa, y otra la europea; pero la otra era como marciana. Me recordó a Saturno; pero, en vez de un solo anillo, tenía muchos alrededor.

—¿Algo más?

—No, nada que pueda recordar.

Estuvimos un par de minutos esperando por si le venía a la cabeza algún otro detalle interesante. Negativo.

—Gracias, buen hombre —agradeció Roger. El taxista respondió al agradecimiento tocándose el bolsillo, se sentó al volante y se perdió de nuevo en la vorágine del tráfico parisino de una noche de viernes.

Roger se volvió hacia nosotros.

—Como hace buena noche, podemos dar una vuelta por Saint Denis y ver si encontramos esa barcaza —dijo.

Cuando arrancamos, no nos dimos cuenta de que, al otro lado de la calle, un coche color burdeos dejaba su aparcamiento y comenzaba a seguirnos.

En atención a mí, Roger cruzó París por la vía monumental y no por el bulevar periférico, que es más rápido. Me iba explicando los monumentos a medida que aparecían:

—A la derecha, Le Jardin des Plantes... Ahí puedes ver el Louvre y delante las Tullerías... Aquí a la izquierda, la isla de la Cité, con Notre Dame y la Prefectura de Policía... Al fondo, la Torre Eiffel iluminada... Ahora entramos en la Plaza de la Concordia... Éstos son los Campos Elíseos... y allí enfrente, el Arco de Triunfo...

Yo iba como embobado. Ahora sí me parecía la Ciudad de la Luz. Ancha, espaciosa, alegre y viva. La gente conducía como loca, y Roger, viendo que yo disfrutaba enormemente con el paseo, me prometió que, si teníamos tiempo, me llevaría a Pigalle, al barrio latino, a Montmatre y a otro montón de lugares cuyo nombre ya no recuerdo, y que por cierto nunca vi.

Dejamos atrás el centro de París, giramos hacia el Norte y entramos en Saint Denis cruzando la puerta de Clichy. El sinuoso Sena volvió a aparecer tras unos chalecitos de doble planta, con tejados de pizarra negra y pequeños jardines. El embarcadero de la margen derecha era una zona arbolada y bastante oscura. Aparcamos y caminamos un buen trecho siguiendo el curso del río. Hacía fresco, las copas de los fresnos andaban revueltas, y el vientecillo húmedo se notaba en las orejas. Roger se subió las solapas de la chaqueta, y yo me puse el jersey. Nina, nada. Como si estuviera en una terraza de verano: camisa y ya está. Así anduvimos fijándonos en los barcos. La mayoría eran gabarras de mercancías, iluminadas por un par de farolas a proa y a popa. Vimos algunas que servían de vivienda, pero no eran de lujo y más bien parecían refugios de *hippies*.

El embarcadero estaba oscuro y desierto, y tardamos más de media hora en ver un alma por aquel paraje. Era un hombre con aspecto de marinero que salió de uno de los barcos. Roger le abordó y conversó con él unos minutos. Hablaba un francés *patois* que a mí me pareció armenio. Incluso a Roger, nacido en Francia, le costó entender aquel dialecto. Pero algo sacó en claro. El marino se acordaba de la barcaza que buscábamos porque «eran gentes de ciudad, no navegantes del río. Zarparon anteayer por la tarde hacia El Havre». Y él mismo nos condujo hasta el lugar donde había estado atracada, ahora vacío.

Nos despedimos, y buscamos por la zona algún indicio de que Bob había estado allí. Fue inútil. Gastamos todas las cerillas y el par de mecheros que teníamos, sin hallar nada concreto. Se acabaron las pistas. Volvimos al coche para ir a casa de Roger. Allí podríamos trazar algún plan, preparar una estrategia y, de paso, dormir un poco.

Roger vivía en un apartamento en el este de París. Nos dijo que su hija, Giselle, harta de vivir con su madre, estaba ahora con él, pero iba a pasar fuera el fin de semana, así que Nina podía ocupar su habitación. Yo tuve menos suerte: me dio unas sábanas para que me hiciera la cama en el sofá del salón, y un chándal que me serviría de pijama. No me importó porque el salón parecía una selva, y yo estaba acostumbrado a dormir rodeado de vegetación. Y digo selva porque allí no cabían más plantas: había un par de enormes helechos colgantes, troncos de Brasil casi tan altos como yo, potos cuyos tallos caminaban por encima de los cuadros y de los marcos de las puertas, cactus, ficus, yucas, un naranjo pequeñito y tres bonsáis.

—Caramba, Roger —le dije—. Parece que vives en el trópico.

—Eso intento. Por lo menos que parezca —respondió—. Pasé muchos años al aire libre, haciendo excavaciones y trabajos de campo, y cuando me vine a esta casa, tuve que ponerla como una jungla para que no se me cayeran las paredes encima. ¿Te gusta?

—Ya lo creo. Es como el jardín de mi casa en Guinea. Sólo que allí, si no andas listo con el machete, las plantas te comen el patio.

Ya era tarde y el día había sido de aúpa. Aun así, antes de acostarnos tuvimos una conversación en la que analizamos los acontecimientos y extrajimos conclusiones para actuar. Roger expuso los hechos que habían conducido a la desaparición de Bob.

—Alguien le llamó por teléfono al hotel, y él aceptó ingenuamente ir a esa barcaza. Tuvo que ser algún conocido, alguien de su confianza. Probablemente, el director de Le Club Paradis o alguien relacionado con el Ministerio. En todo caso, entre el que le llamó y la barcaza con la extraña bandera hay alguna conexión. Eso es lo que tenemos que encontrar... —meditó un poco—. Hummmmmm. Podríamos ir a ver al director ese, aunque, si es culpable, no sacaremos nada en claro de la entrevista: ninguno de nosotros tiene tanta pinta de matón como para ponerle contra las cuerdas.

Nos quedamos callados un buen rato, ideando alguna solución. De nuevo fue Roger quien propuso algo interesante.

—Creo que hay otras maneras de encontrar la conexión entre la barcaza y Le Club o el Ministerio: la informática. Muchas veces me encuentro a mi hija a las cinco de la mañana enganchada al ordenador. Le he preguntado un par de veces qué hace toda la noche dándoles a las teclas, y ella me contesta que «estar conectada al mundo». Tal vez ella pueda echarnos una mano.

No le dejé seguir porque en ese momento me vino la gran idea:

—¡Un momento! A lo mejor no necesitamos esperar a tu hija. Creo que puedo resolverlo yo. Tenemos una sección dedicada a buscar información confidencial, secreta u oculta. La llevan dos renombrados *cibernautas. Surfistas* del Internet, navegantes del *ciberespacio* a los que ni las contraseñas más sofisticadas, ni las claves más enrevesadas, ni los sistemas de protección más modernos, ni las barreras electrónicas más potentes son capaces de detener.

Miré el reloj de Roger.

—Son las dos de la mañana. Creo que puedo enviar un mensaje a nuestros ratones informáticos por correo electrónico... Supongo que tu hija tendrá un *modem* para conectar con nuestra central.

—No lo sé. Yo no entiendo bien esos cacharros. Compruébalo tú mismo —dijo, y nos llevó al cuarto.

Tres pantallas, dos teclados, *modems*, escáners, ratones, *joysticks*, interfaces y otros cachivaches hacían que aquella habitación pareciese la cabina de un reactor. Conecté un ordenador y entre los tres redactamos el siguiente texto:

París 33-1-237.34.26
Transmisión O.K.

SALUDOS AMIGOS DEL CIBERESPACIO. NECESITO VUESTRA HIPERAYUDA SUPERURGENTE

CUESTIÓN NÚMERO 1
Necesitamos toda la información posible acerca de una empresa, al parecer dedicada al turismo.
Nombre: Le Club Paradis.
Centro de operaciones: París.
Informad de accionistas, propiedades, conexiones, lugares de inversión... Motivos y precios de las compras.
Planes acerca de la isla de Nueva Amsterdam (mirar en mitad del océano Índico).

CUESTIÓN NÚMERO 2
Averiguar significado y pertenencia de una bandera cuyo símbolo central es una esfera rodeada de varios anillos (puede ser Saturno). Ondea en el mástil de una barcaza fluvial que navega por el Sena. ¿Hay alguna conexión con el Ministerio francés de las Colonias de Ultramar o con Le Club Paradis?

Espero noticias pronto. Salomón

Lo repasamos un par de veces, escribimos la dirección del correo y tecleamos SEND. Ahora tocaba esperar.

—¿Cuánto pueden tardar en buscar esto? ¿Un par de días? —Nina parecía una mujer tranquila, pero estas preguntas delataban un ser deseoso de respuestas rápidas y concretas.

—Depende. Si están ahora en sus puestos sin nada más importante que hacer, podríamos tener la solución mañana por la mañana.

—¿Ahora trabajando? ¿A las dos de la mañana?

—Sí. Los cibernautas son noctámbulos. Prefieren trabajar de noche. No sé si porque las redes están menos cargadas o porque es más barato.

Nina volvió a resucitar de su letargo de viudedad. Veía al fondo del túnel una luz que tal vez nos guiase hasta su marido.

Dejamos a Nina en el cuarto y Roger y yo nos fuimos a dormir. Pero yo me quedé un rato organizando mis notas porque pensaba grabar mi primera crónica y mandarla por mensajería urgente por la mañana temprano. Después, me compraría algo de ropa y sustituiría mis zapatos, que, de tanto llevarlos en forma de chanclas, se habían abierto por detrás. Pero, por si las cosas se torcían, me lavé los calzoncillos, los calcetines y la camisa y los puse a secar en el radiador. Luego, después de ducharme y lavarme los dientes con el dedo, me enfundé el chándal de Roger. ¡Qué horror: el pantalón me llegaba justo por debajo de las rodillas y la sudadera no me tapaba ni el ombligo! Para colmo, el sofá tenía un par de maderos transversales que se me clavaban en el hombro y las costillas. De no haber conocido a mi huésped, hubiera jurado que en esa casa eran racistas: los blancos en las camas con pijama, y yo en el sofá vestido de bufón. Pero enseguida me olvidé de esos inconvenientes: estaba tan cansado que al poco de tumbarme me quedé roque.

Nina me despertó hacia las diez y casi tuvo que tirarme del sofá para espabilarme. Ella ya estaba vestida y lista para ponerse en marcha. Yo, sin embargo, había dormido cinco horas y con gusto hubiera firmado una prolongación de contrato por otras dos o tres más. Me levanté como pude, metí la cabeza debajo del grifo un par de minutos, comprobé que mi muda todavía no estaba completamente seca y me senté, con el minúsculo atuendo deportivo, en la mesa del desayuno. El grito de Roger nos llegó desde la cocina.

—En dos minutos llegan los *croissants* recién sacados del horno.

—Hummmmm —me relamí—. Típico *frangsés.*

Me serví un buen tazón de café y le iba a dar un sorbo cuando...

Pi... Pi... Piiiiii... El ordenador nos avisaba desde el otro cuarto. Corrimos los tres hacia él con la cara con que entra un padre en el paritorio para ver a su primogénito recién nacido. Roger iba con el delantal puesto. Esperamos a que terminara la comunicación y tecleamos READ. Decía así:

Madrid 34-1-555.55.32 N.° de páginas: 2
Transmisión O.K.

A NUESTRO ENVIADO ESPECIAL EN PARÍS.
SALOMÓN: ¡BUENAS NOTICIAS!

RESPUESTA A LA CUESTIÓN N.° 1

Le Club Paradis: Sociedad anónima titular de grandes complejos turísticos en Italia, Francia, Senegal, Antillas, Tailandia, Seychelles, Sierra Leona, Madagascar, islas Marshall e Indonesia. Fundada en 1970 por F. Durmont. Hace cinco años, vendida íntegramente al Grupo Mercure, actual accionista mayoritario, con el 75 por ciento del capital.

Hace dos años, L.C.P. compró Nueva Amsterdam por veinte millones de FF., presumiblemente para edificar otro de sus grandes complejos vacacionales. No consta que las obras hayan empezado.

Actual director general: J. P. Chevener.

Logotipo: Un sol naranja saliendo por detrás de una palmera verde.

Mercure: Grupo de capital privado, íntegramente francés. Con intereses en el sector turístico, alimentario, automovilístico, químico y nuclear.

Última cifra de negocios conocida: un billón de FF.

Actual director general del grupo: G. Villeneuve.

Logotipo: Encerrado en un círculo, Mercurio, el mensajero de los dioses de la mitología romana, ataviado con su casco alado, corre por encima de una nube, llevando en la mano izquierda un pliego enrollado.

Rec-atom: Sociedad francesa perteneciente al grupo Mercure dedicada al reciclaje y transporte de material altamente radiactivo. Posee una planta de reciclaje atómico en Normandía, un almacén de residuos tóxicos en Las Ardenas y una flota con tres barcos diseñados para el transporte de mercancías nucleares: El *Orión*, el *Neptuno* y el *Europa*. Entre sus clientes más importantes están los gobiernos de España, Japón, Italia, Alemania y China.

El año pasado facturó 750.000 millones de francos.

Actual director general: J. Silverston.

Logotipo: El núcleo de un átomo de uranio rodeado de la trayectoria elipsoidal de tres electrones.

RESPUESTA A LA CUESTION N.° 2

¡¡Sorpresa!! ¿A que no sabes cuál es el entretenimiento favorito de Mr. Silverston, presidente de Recatom? La navegación fluvial. Posee, a nombre de la empresa, una gabarra decorada con todo lujo de detalles.

En cuanto sepamos más, te lo comunicaremos. Saludos,

Ciberpepe y Surferjuán

Creo que los tres empezamos y terminamos la lectura del mensaje al mismo tiempo, aunque fui yo quien lanzó el eureka:

—¡Un átomo de uranio rodeado de la trayectoria elipsoidal de tres electrones! Es lo mismo que Saturno con varios anillos. ¡Ésa es la bandera que vio el taxista en la barcaza!

No había acabado de decir la frase cuando un intenso olor a chamusquina nos llegó desde la cocina.

—*Merde, les croissants!!*

Roger salió corriendo con la expresión descompuesta y volvió enseguida con la fuente echando humo y, sobre ella, siete boñigas deformes, calcinadas e incomibles. Sin detenerse, se disculpó por el olvido y siguió rumbo a la terraza, donde dejó la fuente. Luego se dedicó a abrir las ventanas y a airear el salón con un periódico para que el humo y el olor no impregnasen las paredes del apartamento.

Adiós a nuestro desayuno.

Finalizada la operación de extinción, conecté la impresora, tecleé PRINT y saqué el mensaje. Luego, el ordenador me preguntó si quería archivar la comunicación o borrarla. Yo preferí que no quedara rastro de la teleconversación, apreté el DEL, y el mensaje se esfumó de la memoria. Después, nos reunimos de nuevo en el salón, ante unos cafés fríos. De nuevo estaba yo a punto de tomar el primer sorbo cuando Roger me quitó la hoja de las manos, la releyó con mucha atención y señaló con el dedo uno de los párrafos.

—Mirad el nombre de uno de los barcos: *Orión*. Me suena de algo.

Se quedó pensativo, frunció el entrecejo y notamos cómo su pequeño ordenador mental se paseaba veloz por las circunvalaciones de la memoria. Un chasquido de dedos nos indicó que había encontrado la solución. Se levantó y fue a su cuarto, donde le oímos revolver en un montón de papeles.

—¡Aquí está! —se oyó.

Volvió con un ejemplar atrasado de *Liberation*. Sentado a la mesa, buscó entre las páginas hasta encontrar lo que buscaba.

—Mirad esto.

Miramos.

Era un artículo de media página, acompañado de la foto de un barco y con la siguiente cabecera:

EL «ORIÓN» PARTE HACIA JAPÓN CON CATORCE TONELADAS DE PLUTONIO

Roger leyó el texto entero, traduciéndolo al castellano.

El día 27 saldrá del puerto de El Havre el buque Orión. *El barco, perteneciente a la compañía Rec-atom, llevará al puerto japonés de Mutsu Ogawara catorce toneladas de plutonio reciclado. Con esa carga radiactiva cruzará el Atlántico, hasta el cabo de Hornos, y el Pacífico.*

Para acallar las protestas de diversas asociaciones ecologistas, Rec-atom ha hecho pública una nota en la que explica que el transporte de esa mercancía no comporta ningún riesgo porque sus barcos están diseñados para realizar su cometido con total seguridad. Tienen doble casco y estructura anticolisión, y van equipados con los más sofisticados sistemas de navegación. Además, sus sentinas están especialmente acondicionadas para albergar el plutonio, que se transporta vitrificado y en contenedores provistos de dos tipos de protección, uno neutrónico y otro gamma, así como de un código de localización infalible, de modo que, en el improbable caso de pérdida, serían localizados rápidamente.

La organización Earthcare se opone radicalmente al transporte de materiales radiactivos por mar porque considera que encierra un alto riesgo de contaminación. Cualquier accidente puede provocar un vertido de sustancias altamente tóxicas, con consecuencias nefastas para la vida marina...

—Atención a esto —subrayó Roger—:

Para protestar contra dicha actividad, Earthcare y otras organizaciones ecologistas han convocado para el día 27 una manifestación en el puerto de El Havre, e intentarán impedir que el Orión *zarpe de suelo francés con esa carga que ellos consideran letal.*

Roger terminó la lectura. Los tres nos miramos porque estábamos pensando lo mismo, pero Nina se adelantó a decirlo.

—¡El 27 es hoy! Y hacia El Havre se dirigía, según el marinero, la barcaza en la que estuvo Bob —y añadió—: Roger, ¿tienes una lupa?

Roger la sacó de un cajón de su mesa de trabajo y Nina la enfocó sobre la foto del artículo de *Liberation.*

—¡Aquí está! Mirad la bandera que ondea en el mástil del barco. El átomo de uranio y los electrones... Saturno con sus anillos... ¡La misma que en la barcaza!

Apartó a un lado el café sin tocar, se levantó y fue a su habitación, desde donde nos anunció:

—Me voy a El Havre. La manifestación empieza dentro de una hora, y tal vez pueda averiguar algo.

Inmediatamente salió del cuarto con zapatillas de deporte y el bolso guatemalteco en bandolera.

Roger y yo nos miramos alelados. Se iba a El Havre. Y sola. Desde luego era una mujer especial. No se amilanaba por nada. Sin intercambiar palabra, los dos nos levantamos de la mesa y dijimos al unísono:

—Espéranos un minuto, que también vamos.

Fui al baño, cogí mi muda del radiador, todavía ligeramente húmeda, y me la puse mientras pensaba que la primera crónica debería esperar, quién sabe hasta cuándo. Mal comienzo. Acababa de empezar, y ya incumplía mi compromiso de informe diario. Pero, obviamente, esto era más urgente.

Salí del baño con la ropa del día anterior, incluso con las manchas del pantalón; pero ¿qué podía hacer si desde que dejé mi casa me llevaban de un lado a otro con la lengua fuera? Lo malo es que tenía el presentimiento de que estábamos tan sólo al principio de una larga carrera que nadie sabía dónde iba a acabar. En fin, algo de atractivo y misterioso tendría el periodismo cuando yo lo había elegido como profesión.

En todo eso pensaba mientras organizaba la mochila, en la que dejé solamente el equipo de campaña: magnetófono, cámara, películas y cintas.

Nina, por su parte, arrugó el mensaje de los cibernautas, lo quemó en un cenicero, echó un hilo de café sobre la brasa y fue al vestíbulo, donde Roger ya nos esperaba con la puerta de la calle abierta y la llave en la cerradura.

Era sábado, y los sábados por la mañana, según contó Roger mientras nos dirigíamos hacia la periferia, París suele estar tranquilo. De resaca, claro. Por eso no tardamos mucho en cruzar la puerta de Saint Claud y enfilar hacia la autopista en dirección a Normandía.

Empezamos a sospechar que nos seguían, cuando Roger se equivocó al entrar en la autopista y se metió por una calle sin salida. Tuvimos que dar marcha atrás y casi nos chocamos con un coche color burdeos. En su interior iban un par de tipos con cara de pocos amigos, que intentaron ocultarse cuando pasamos a su lado. Roger comentó algo acerca de su extraña reacción mientras atinaba con la calle correcta y salíamos a la autopista.

Yo iba en el asiento trasero y, como teníamos alrededor de hora y media de viaje y nada importante de que hablar, cargué la grabadora, consulté en el cuaderno de notas los puntos más oscuros que había encontrado en el libro que había leído en el avión, y me dispuse a aclarar dudas sobre el verdadero origen de nuestros antepasados.

—Nina, con el ritmo que llevamos, no sé cuándo voy a poder preparar mis crónicas. Así que, aprovechando el tiempo que nos queda de viaje, ¿por qué no me contestas unas preguntas sobre algunos aspectos de tu teoría que no me cuadran? —y sin dejarle tiempo para responder, apreté el REC y le lancé la primera—: Habíamos quedado en que, según Bob y tú, la especie humana sólo tiene 75.000 años de antigüedad. Entonces, ¿cómo han podido encontrarse restos de hombres primitivos en Java, Pekín, Zimbabue y en la mismísima provincia de Burgos? Los llamados pi... te... cán... tropos —tuve que deletrear el nombrecito mirando el cuaderno—, que tienen alrededor de un millón de años de antigüedad y ya tenían un aspecto semihumano... ¿No os habréis confundido y en realidad nuestra especie es mucho más vieja de lo que pensáis?

Nina me miró con aire de estar pensando «hay que ver lo rápido que aprende este chico». Su respuesta fue una avalancha de datos:

—Vayamos por partes, Salomón: primero hay que diferenciar entre el *homo sápiens* y el resto de los homínidos. Uno y otros, junto con los prosimios y los simios, pertenecen a la gran familia de los primates. Esta enorme familia puede tener hasta veinte millones de años y se fue diversificando a lo largo de la historia en multitud de géneros que, a su vez, se subdividen en múltiples especies y subespecies. Y una de estas subespecies es la de los homínidos, que surgió hace dos o tres millones de años. De los homínidos forman parte los pitecántropos y los *erectus*, que vivieron en África, China, Indonesia e incluso en España. Los fósiles encontrados en estas regiones no permiten afirmar que los pitecántropos sean antepasados directos del hombre moderno... En cambio, hay pruebas de tipo físico, lógico y matemático que demuestran que están más cerca de los simios que de nosotros.

»La prueba física es el tamaño de su cerebro, más cercano al de los gorilas que al de los hombres. Aquellos individuos, por poseer un cerebro tan pequeño, fueron incapaces de desarrollar el racionamiento, se estancaron en su evolución y quedaron a merced del medio ambiente y de seres técnicamente superiores a ellos...

Nina calló unos segundos y se llevó la mano al corazón porque Roger, en su afán de llegar pronto, casi se tragó un camión al intentar adelantarlo por la derecha. En cuanto pasó el susto, ella prosiguió.

—La segunda prueba se basa en la lógica pura y dura: es imposible que la especie humana tardara más de un millón de años en extenderse por todo el planeta, pues su velocidad de dispersión es infinitamente mayor. Y si no, ¿por qué un grupo de humanos tarda treinta mil años en colonizar América y otro grupo, supuestamente de la misma especie, nueve mil siglos en ir de África a China?

—A lo mejor les entró la prisa —sugerí.

Sonrió y contestó:

—No. La razón es que eran de especies diferentes. Y a esa misma diferencia se debe que los homínidos no fueran capaces de salir de las cuevas en cientos de miles de años y que los *sápiens* pasasen de las cavernas a la estación orbital MIR en sólo setenta y cinco mil.

Hizo una pausa y atacó la prueba matemática.

—Ya sabes que las matemáticas no mienten. No hace falta ser un Newton para calcular que si los humanos hubieran aparecido hace tanto tiempo, la población actual de la Tierra tendría que ser mil veces mayor de lo que realmente es. Si en la época de Jesucristo los habitantes del planeta debían de ser unos cincuenta millones, y ahora, dos milenios más tarde, somos seis mil millones, ¿cuántos seríamos si la historia de nuestra especie hubiese empezado hace un millón de años? ¿Sesenta mil, cien mil millones?

Asentí y pasé a otra cuestión, también subrayada en mi cuadernillo de dudas.

—Bien, bien. Pero ¿qué me dices del hombre de Neandertal? Ése sí vivió hace relativamente poco tiempo, unos 150.000 años, y se han encontrado restos suyos por casi todo el mundo: Europa, Palestina, Asia y África. Además, poseía una tecnología más avanzada que el pitecántropo. ¿También el Neandertal era más mono que hombre?

Nina sonrió, quizá porque mi vocabulario era más de cuidador de zoo que de periodista intrigado, y otra vez respondió con un alud de argumentos. Yo vigilaba para que la cinta no dejase de correr. Sería mi perdición tener que rememorar todas estas cosas.

—Con este grupo sucede casi lo mismo que con el anterior. Eran grupos o clanes residuales de aquellas especies de aspecto semihumano que siempre vagaron por el planeta. Físicamente se parecen más a nosotros, pero ellos tampoco consiguieron ir mucho más allá de la lanza, ni organizarse socialmente... Por cierto, ¿has visto alguna vez un esqueleto de Neandertal?

—Claro que no.

—Pues si alguna vez tienes la oportunidad de hacerlo, verás un individuo achaparrado, con cara de bruto. Aunque su coeficiente cerebral era medio, su aspecto físico está todavía bastante lejos del nuestro. Su técnica, muy rudimentaria, no le proporcionó la capacidad de prevalecer ni de progresar lo suficiente para erigirse en dominador de su territorio. De todos modos llegó a multiplicarse mucho y logró sobrevivir varios milenios, justo hasta el día en que se encontró frente al hombre moderno, el *homo sápiens,* hace unos 35.000 años.

—Si no provenimos de los simios —volví al ataque—, ¿cuál es el antepasado directo del *homo sápiens*?

—Buena pregunta —me felicitó—. Los ancestros del *homo sápiens* descienden de los prosimios, una rama de primates que se desgajó del tronco común hace millones de años y que después evolucionó independientemente.

Nina, sentada en posición oblicua en el asiento del copiloto, nos miraba alternativamente a Roger y a mí. Él asentía de vez en cuando, pero de forma mecánica, pues tenía la mente fija en la carretera, y yo intentaba no perder el hilo.

En un momento de silencio, Roger nos anunció que nos seguían.

—¿Os acordáis de aquel coche burdeos con el que casi hemos chocado a la salida de París?

Asentimos.

—Pues desde entonces no ha salido de mi retrovisor. Creo que nos siguen.

Nina y yo miramos hacia atrás. Allí estaba. Rodando a nuestra misma velocidad y sin perdernos de vista.

—Tal vez sea casualidad —intenté tranquilizar. «Seguramente no», pensé para mis adentros.

En ese instante miré hacia fuera y me di cuenta de que estaba cruzando Francia casi sin verla. Era la primera vez que pisaba aquel bello país y no lo estaba disfrutando, así que decidí desconectar un rato de la prehistoria y dedicarme a mirar por la ventanilla. Fuera, la campiña se exhibía en todo su esplendor: verde, llana, fértil y ordenada. Entre enormes campos de cultivo crecían islotes boscosos de robles, hayas, olmos y castaños que ponían una nota monumental en el paisaje. A lo lejos, de vez en cuando, surgían pueblos de casas blancas y techos de pizarra gris.

Al pasar por la desviación hacia Ruán, Roger me comentó que si alguna vez tenía tiempo no me perdiese el centro histórico de la capital normanda, que conservaba todo el encanto de una ciudad medieval, de la época en que los normandos eran dueños de media Europa.

Al cabo de un rato, volví a consultar el cuaderno, puse el casete en marcha y continué con mi interrogatorio:

—Nina, ¿cómo es posible que dos o tres familias primitivas, viviendo aisladas en una isla perdida en mitad del océano Índico, pudieran progresar tanto como para ser los ancestros de todo el género humano?

—Muy fácil —contestó ella como si en realidad fuera muy fácil—. El sentido de la observación los condujo a imitar a la naturaleza en su provecho. Por ejemplo, dominaron el fuego partiendo de la observación de que salía humo de la madera cuando las ratas se afilaban sus garras contra ella; fabricaron chozas copiando los nidos de las aves; construyeron redes imitando la telaraña; armas con los colmillos de los animales, y sentaron las bases del lenguaje. Después, con el paso del tiempo, una mejora condujo a otra, hasta llegar al nivel técnico y social de hoy.

Lo anoté y pasé a otra cuestión, también delicada.

—¿Y no hubo problemas de consanguinidad? Siendo tan pocos, habría uniones conyugales entre hermanos, o entre primos, o de padres con hijos... ¿No debió de conducir eso a un deterioro genético y una degradación que terminaran por impedir el progreso?

Ella no tardó ni un segundo en contestar. Era como si llevase veinte años meditando las respuestas.

—No. Dentro de los grupos había clanes que vivían en distintos hábitats. Unos se adaptaron mejor a las selvas, otros al llano, otros a la montaña, y otros a la costa. Pero, como eran nómadas, se encontraban constantemente unos con otros, y el problema de la consanguinidad desapareció pronto, pues las combinaciones posibles en diez o doce clanes de unas cien personas cada uno son casi ilimitadas.

»Los contactos entre los grupos iban acompañados de intercambios. Las técnicas, los materiales y los conocimientos pasaban de unas gentes a otras en una rueda infinita de sabiduría. Los que vivían en los bosques enseñaron a confeccionar redes, elaborar venenos o narcóticos extraídos de las plantas y a construir viviendas. Los montañeses fueron los primeros en trabajar la piedra y curtir las pieles; y los costeños iniciaron a los demás en la pesca y la navegación, que los otros adoptaron enseguida para surcar ríos y lagos.

»Como resultado de aquella eclosión cultural, a los diez o quince mil años del advenimiento de la especie humana, aquel antiguo continente en miniatura era un abigarrado hormiguero de progreso y evolución.

Nina se quedó un momento pensativa y después añadió:

—Debió de ser entonces cuando empezaron los problemas...

Aprovechando la pausa, Roger, que sólo había abierto la boca para alertarnos de que nos seguían, nos dijo:

—Perdonad que os moleste. Aquél es el puente de Normandía, y falta muy poco para El Havre.

Miré el puentecito y me quedé impresionado.

—¿Qué río es éste? —pregunté sorprendido por la anchura—. ¿El Amazonas, el Congo...?

—El Sena. Aquí empieza el estuario. ¿A que no esperabas que fuera tan grande? Y éste es uno de los puentes más largos de Europa.

El puente era como una kilométrica alfombra voladora de asfalto tendida por el aire de una orilla a otra y sostenida por tres pilares gigantescos en forma de «Y» invertida, que emergían de las aguas en mitad del río. Una obra de *chapeau,* como dicen los franceses. Al poco rato, aparecieron los edificios de la ciudad.

Se me había pasado el tiempo volando. Nina era imparable cuando empezaba a hablar. En vez de boca, parecía tener una impresora oral que lanzaba folios y folios de datos prehistóricos. Además, relajada, su voz era melodiosa.

Escuchándola, yo me había olvidado del verdadero objetivo de la excursión: averiguar el paradero de su marido.

—Dejaremos los problemas de nuestros ancestros para otra ocasión —le dije. Saqué la cinta, escribí en el adhesivo *Humanidad 2* y la guardé en la mochila.

«Veremos cuántas partes tiene nuestra historia», pensé.

Preparé una nueva cinta y la cámara de fotos. Escogí un objetivo normal, cargué un rollo de treinta y seis exposiciones y me metí otros tres en el bolsillo.

A lo lejos divisamos las grúas del puerto, el segundo más grande de Francia, y ya desde donde estábamos se veía que había jaleo. Y gordo.

Al cruzar la ciudad, nos encontramos con varias furgonetas de la policía que iban y venían, algunas con el estridente ulular de sirenas y otras cargadas de unidades antidisturbios. Hicimos una pequeña parada en una tienda de *souvernirs* para comprar un callejero e informarnos del camino más corto para llegar a la manifestación.

Volvimos al coche y seguimos el itinerario que nos marcó el dependiente. Mientras llegábamos al lugar del conflicto observamos en el plano que la zona portuaria de El Havre se divide en dos partes: el estuario del Sena, donde atracan las gabarras y las barcazas de quilla plana para cargar y descargar, y el gran puerto industrial, un poco más al norte, con sus cientos de muelles, grandes silos, depósitos de combustible, almacenes, oficinas, trenes de carga y altas grúas.

Dejamos el coche en el aparcamiento de la terminal de los transbordadores que van y vienen a Inglaterra. Cuando bajamos, vimos de reojo que el coche burdeos aparcaba no muy lejos de allí. Entonces Roger nos confirmó sus sospechas.

—Son los mismos con los que casi hemos chocado en París. ¿Qué querrán? —se preguntó mientras cruzábamos a pie un descampado lleno de contenedores y vagones de carga. Llegamos a una zona de grandes naves y nos metimos entre dos de ellas hasta desembocar en pleno corazón de la manifestación, a esa hora ya bastante animada. Calculé que habría unos dos mil manifestantes, casi todos jóvenes y vestidos con monos blancos, frente a una alta valla metálica. Al otro lado de la valla se veían los *nareys*, las grúas, los rieles del tren y, al fondo, el mar. Pero había algo que daba a la escena un aire de desembarco de Normandía: una fila de tanquetas con cañones (de agua o pintura) apuntando hacia los ecologistas y, delante de ellas, un pelotón de policías blandiendo armas que, por la forma, o disparaban balas de goma o lanzaban botes de humo. A su lado se alineaba un escuadrón de *robocops* listos para entrar en acción: escudos transparentes hasta los pies, cascos integrales con cubrenucas, botas de campaña y unas largas, duras, negras e inquietantes porras represoras. Sin embargo, los manifestantes no parecían tener miedo y, envalentonados por su número, cantaban consignas y mostraban pancartas con mensajes en varios idiomas. Desde el consabido *Atomkraft? Nein, Danke,* en alemán, hasta una en castellano, firmada por Mundo Verde, que decía: *¡El mar es de todos, dejadlo en paz!*

Nosotros nos mantuvimos juntos en la cola de la manifestación. A lo lejos, cerca de la bocana del puerto, vimos el *Orión,* el objeto más odiado de aquel lugar, que tenía la línea de flotación a la altura del agua, señal inequívoca de que sus sentinas albergaban ya la mortífera carga. A su lado, se balanceaban una fragata de la marina francesa y dos patrulleras de aduanas con los motores al ralentí y las tripulaciones en permanente estado de alerta.

Nina miró por los prismáticos.

—Mirad el pabellón del *Orión.* Es el mismo de la foto del periódico.

Nos pasó los prismáticos, y allí estaba: el átomo de uranio rodeado de las trayectorias elípticas de los electrones.

—Me suena ese anagrama —dije irónicamente.

Para ampliar la información y dar más realismo al reportaje, me separé un poco de Nina y de Roger cuando vi al lado de la valla, junto a una puerta metálica cerrada con cadenas, a un hombre que increpaba a los policías con un megáfono:

—¿Por qué os traicionáis a vosotros mismos? ¡Despertad! ¡No seáis esclavos de un gobierno criminal! ¿Es que vuestros hijos no tienen derecho a disfrutar del mar como vosotros? ¿Cómo sois capaces de proteger algo que puede acabar con la vida de los océanos? ¿Es que no os importa la suerte del planeta?...

Me acerqué al provocador con ánimo de entrevistarle mientras él seguía con su retahíla. El jefe del pelotón de *robocops* parecía a punto de estallar. Cada vez golpeaba con más fuerza la porra contra la palma de su mano y se movía más inquieto entre las filas de escudos.

Yo, tan inocente como inoportuno, llegué en ese momento ante el orador. Era más joven de lo que parecía desde lejos. Le puse mi carné de prensa ante las narices y me identifiqué:

—Diario *A fondo* de Madrid. ¿Puedes explicar para nuestros lectores lo que aquí sucede?

En mala hora le hice la pregunta. El muchacho resultó ser un hablador imparable, de esos que, en cuanto tienen alguien que los escuche, ya no saben callar. Bajó el megáfono, me agarró el micro, se lo pegó a los labios y empezó:

—¡Que sepa toda España que aquí se está cometiendo un gravísimo crimen contra la naturaleza porque, por muy sólido y sofisticado que sea el barco, si se hunde en una sima marina de siete mil metros de profundidad, ¿cuánto tiempo podrán aguantar en el mar los contenedores de plutonio sin abrirse? ¿Cuánto, eh?

El tipo parecía preguntármelo a mí, que estaba pez en cuestiones nucleares...

—¿Cien, quinientos, mil, dos mil años? Da igual porque la vida media del plutonio es de cuarenta mil años, lo que quiere decir que cuando se abran esos barriles, por mucho que tarden, el mar se convertirá en un erial radiactivo, en un desierto posnuclear. Pescaremos peces morados, deformes e inflados de llagas contaminantes. La sal se corromperá y la lluvia será negra. En un palabra: habrá que vallar los océanos y huir de las nubes...

El chico era una locomotora parlante. No había manera de pararle. A esas alturas ya tenía el micro encharcado de saliva y a mí, de vez en cuando, me daba un perdigonazo que me obligaba a limpiarme la cara.

Mientras hablaba, los ánimos de los manifestantes se fueron calentando. Hasta entonces, todo había sido pacífico.

Pero de pronto, la gente formó una piña, se arrimó a la valla y empezó a zarandearla coreando eslóganes como: *¡¡¡Policías, pringados, estáis contaminados!!!*

Ésa fue la gota que colmó el vaso. Lo que se veía venir, llegó. Se oyeron unos pitidos, y una voz desde el centro del pelotón gritó:

—Allons-y. Ouvrez les portes!

Dos policías cortaron las cadenas con cortafríos, y la primera línea de robots se abalanzó, porras al aire, contra nosotros. Yo, como estaba entre los primeros y al lado del tipo al que le tenían más ganas, los vi venir en tromba y debí de ser el primero o el segundo en cobrar.

Sin comerlo ni beberlo, me encontré delante de una torre humana con un palo en alto. Lo único que se me ocurrió en ese crucial momento fue sacar mi carné de periodista y decir a la desesperada:

—Periodista. Español... Neutral.

Fue peor. Le oí mascullar por debajo del casco:

—*Journaliste... espagnol? Encore pire... Tiens... Tiens... Tiens...*

Y empezó a arrearme con saña. No creo que fuese racismo porque a través del cristal de su casco adiviné rasgos norteafricanos —argelino, quizá—, y de todos es sabido que entre hermanos no nos cascamos. Creo que se limitaba a cumplir con su obligación. El primer palo me lo dio en el antebrazo izquierdo, con el que me cubría la cara. Pero, desgraciadamente, en esa mano llevaba la grabadora, todavía en ON, y del golpe se me cayó y se estampó contra el suelo. La vi hacerse añicos contra los adoquines. La cinta por un lado, las pilas, y parte del motor por otro. En ese instante me llegó el segundo zurriagazo. En el costado derecho. Éste me dolió de veras, así que viendo el panorama, giré en redondo y me dispuse a salir corriendo. Pero cuando iba por la segunda zancada, una bota durísima se me incrustó en la rabadilla con tal fuerza que me levantó del suelo. A consecuencia de ello, di un par de traspiés con la cabeza por delante, en escorzo, como si me aprestara a cruzar la meta de los doscientos vallas, y me fui directo contra el asfalto. Como no quería que a la cámara, colgada en mi cuello, le sucediese lo mismo que a la grabadora, mientras me caía, la sujeté fuerte con la mano derecha y puse la izquierda delante para amortiguar el golpe. Pero la izquierda era la dañada y estaba tan débil que me falló el apoyo y aterricé sobre los adoquines con la nariz y la frente por delante. A la cámara se le partió el objetivo y le saltó el carrete. ¡Qué ruina!

No sentí dolor. Y ni siquiera me paré a recoger los restos del naufragio porque mi único objetivo era escapar de allí como fuese. Me levanté a trancas y barrancas y, sin mirar hacia atrás, para no encontrarme otra vez el maldito *manganello,* salí a todo trapo mientras notaba que la sangre de la nariz empezaba a gotearme por la barbilla. Corrí y corrí hasta resguardarme en una de las naves. Allí paré para tomar aire y miré hacia atrás. La escena era de juicio final. La gente huía despavorida en todas direcciones, perseguida por bateadores sin escrúpulos. Las tanquetas echaban chorros de agua azul y verde sobre los rezagados, y botes de humo volaban por todas partes. Entre la sangre y las pinturas, los manifestantes parecían cuadros andantes de Miró. Detonaciones, chillidos, insultos...: un caos.

«Joder, si lo llego a saber no cojo la exclusiva. Para uno que hace su tercera práctica, es demasiado grande», pensé mientras reemprendía la carrera, esta vez en dirección al coche, dejando que los ecologistas se las arreglasen solos. Una cosa es compartir las ideas, y otra dejar que te aticen y te destrocen el equipo de trabajo.

Cuando llegué al coche, Nina y Roger venían detrás de mí corriendo.

—Al ver cómo se ponía el percal, hemos intentado ir a buscarte, pero se ha complicado todo en décimas de segundo.

Por lo menos, ellos se habían salvado de los palos.

Al meter la llave en la cerradura, Roger se dio cuenta del desaguisado.

—¡Alguien nos ha abierto el coche! —dijo.

Abrió sin llave. Miramos dentro. Los papeles de la guantera esparcidos por los asientos... Estaba todo, excepto el resumen de la tesis.

Roger se lamentó con furia:

—¡La madre que me par...! Con tanto ir y venir, anoche se me olvidó subirlo a casa. Ahora lo tienen ellos. ¡Seré...!

Nina arrugó la cara y se llevó las manos a la cabeza:

—Dios mío. Mira que no sospechar que si han secuestrado a Bob, seguirían haciendo de las suyas...

A mí me daba igual. Yo lo que quería era tranquilizarme. Me acoplé en el asiento trasero, comprobé que no me habían robado nada de la mochila, apoyé la nuca contra el respaldo, cerré los ojos y respiré.

—Entonces —dije, con los ojos cerrados—, ahora ya están al corriente de lo que buscáis en la isla.

—Sí —respondió Nina—. Excepto la situación exacta de la cueva, conocen todo. A partir de ahora tendremos que andar con más cuidado, sobre todo yo.

Roger miró alrededor: ni rastro del coche burdeos que nos seguía.

—Habrán estado esperando una oportunidad para desvalijarnos y, al final, lo han conseguido. Será mejor que nos vayamos.

Subieron los dos al coche, arrancó y salimos de allí. Nina me pasó un paquete de *kleenex* y con ellos conseguí parar la sangría. Me miré en el retrovisor y casi me eché a llorar. Aparte de destrozar la grabadora y la cámara, estropear la cinta y el carrete, tenía tres arañazos a lo largo de la nariz, y la camisa y los pantalones llenos de sangre, y había perdido un zapato. Me dio tanta rabia y estaba tan harto de los dichosos zapatos, que cogí el otro y lo tiré por la ventanilla.

—A la mierda —y me quedé tan ancho.

Mantuve la cara hacia arriba mientras Roger se internaba por las avenidas del centro. Callejeamos un rato hasta que los ánimos se calmaron. Roger, de tanto en tanto, se aseguraba por los retrovisores de que el coche burdeos no nos seguía.

—Creo que con el barullo se han perdido. Con un poco de suerte también habrán cobrado lo suyo.

Poco a poco, la situación volvía a la normalidad. Con la manifestación dispersada y derrotada, la ciudad recobraba el pulso habitual. La tangana había terminado.

—¿Qué hacemos? ¿Volvemos a casa? —sugirió Roger.

Pero Nina, que no podía estarse quieta, después de interesarse por mi estado físico, a lo que le respondí que ya estaba bien, salió con otra de las suyas.

—Vamos al puerto fluvial. A ver si encontramos la barcaza.

Cuando la oí, temí volver a casa con algo más que una nariz rajada. Pero, al fin y al cabo, su marido era más importante que mis arañazos, y no puse objeción.

Llegamos al brazo del estuario. El Sena bajaba fuerte y un poco sucio. Pero ¿qué se puede esperar del río que atraviesa París? Aparcamos en un descampado y mis compañeros se bajaron.

—Espéranos aquí. Daremos una vuelta a ver si damos con la barcaza que nos describió el taxista.

—Nanay —les dije muy serio—. De quedarme solo, nada. Después de lo que ha pasado tengo miedo; además, mi jefa me ha ordenado que sea la sombra de Nina.

Bajé con ellos, aunque descalzo, y estuvimos dando vueltas un buen rato.

—Allí está —fue Roger quien la descubrió.

Y allí estaba. La barcaza raptora, amarrada en un recodo de la orilla y semiescondida detrás de una gabarra cargada de mineral negro. La habían bautizado *Sonia,* tenía unos quince metros de eslora, sin mástiles, puente con suelo de madera clara y limpia, con una cabina de pilotaje pintada de blanco con adornos dorados y... lo más importante: la bandera atómica ondeaba en su mástil.

El último sitio donde alguien había visto a Bob con vida. Nina no pudo aguantar la idea de su marido desaparecido, se acercó a la embarcación y, antes de que pudiésemos decirle nada, cogió una chinita del suelo y la tiró contra el cristal de la cabina. Nadie respondió.

—Esperadme, que voy a echar un vistazo.

Con aquella mujer eran inútiles las sugerencias, así que Roger y yo nos quedamos en tierra, vigilando, mientras ella saltaba al puente, cogía la manivela de un *winche,* ponía un trapo delante del cristal de la puerta de la cabina y lo rompía. Metió la mano, giró el picaporte y desapareció en el interior.

Roger temblaba.

—Está loca. Eso es un delito.

Yo permanecí tranquilo. Estaba tan dolorido, sucio, maltrecho y apesadumbrado que ya me resbalaba todo. Por mí, podían venir tres pistoleros o arrestarnos por allanamiento de morada flotante.

Cinco minutos más tarde, Nina reapareció con una sonrisa, y su mirada revelaba que había encontrado alguna pista. Volvimos deprisa al coche.

Una vez en nuestros asientos, Nina describió el interior de la barcaza.

—Tiene dos salones decorados con cuadros caros y muebles de estilo. Un comedor lujoso y un par de camarotes a tono. Se ve que no se dedican precisamente a cargar mineral. Ya en el salón he notado algo extraño. Al principio no me he dado cuenta, pero después he caído. Donde tenía que haber dos lámparas gemelas sólo queda una; faltan varias piezas de un ajedrez de marfil y hay una silla rajada. He pensado que esos objetos podían haberse caído o roto durante una pelea. Después he registrado los dos camarotes, y debajo de la cama del segundo he encontrado una prueba de que Bob ha estado en el barco.

—¿De qué se trata? —pregunté ansioso.

—He encontrado esto —y se sacó de debajo de la camisa una lámina color hueso un poco mayor que un folio. Estaba enmarcada, pero le faltaba el cristal—. Mirad.

Era el mapa detallado de una isla. Curvas de nivel, nombres de accidentes geográficos, varias cruces pequeñas pintadas en la bahía septentrional y debajo, un nombre: NUEVA AMSTERDAM.

—Creo que Bob rompió el cristal para grabar con una punta una petición de socorro en el suelo de debajo de la cama. Ahí he encontrado una «N», una «A» y la palabra «nabrud».

—Y ¿cómo sabes que fue Bob quien lo escribió? ¿No pudo ser cualquier otro?

—No. Es la letra de Bob y el tipo de escritura que utiliza en casos de alarma. Tiene esa costumbre desde los tiempos en que iba al colegio. Él y sus amigos tenían un código secreto para avisarse en casos de emergencia: escribían las palabras del revés. Bob me lo contó al poco de conocernos, y nosotros lo hemos utilizado alguna vez, a modo de código de pareja.

—¿Y...? —pregunté.

—Pues que «nabrud» al revés es Durban. Y Durban es la puerta africana del Índico. La ciudad de la que zarpan y donde hacen escala casi todos los barcos que cruzan ese océano. Creo que quieren llevarlo allí, si es que no lo han llevado ya, y puede que desde Durban piensen trasladarlo a Nueva Amsterdam...

Nina se quedó un rato pensativa. Luego habló como para sí misma.

—Pero —nos/se dijo—, ¿qué tendrá esa isla para que, de la noche a la mañana, todo el mundo se interese por ella?

Se respondió ella misma:

—Creo que tendremos que averiguarlo.

—¿Cómo? —pregunté, temiendo que Nina respondiera con una salida como «abordando el *Orion*».

Roger tomó la palabra sin darle tiempo a hablar e intentó sosegar los ánimos con una propuesta inteligente:

—¿Qué os parece si lo discutimos comiendo algo?

Estuvimos de acuerdo. Ya pensaríamos la solución con el estómago lleno. Así que arrancamos, salimos del puerto y nos dirigimos hacia el norte hasta una pequeña playa en la que había varios sitios de comida.

—Ahí mismo —señaló Roger.

Enfrente, los cartelones de un *bistró* ofrecían suculentas fuentes de pescado variado a precios asequibles. Paramos y nos acomodamos en la terraza, con el sol de cara y el refrescante olor de la brisa marina hinchándonos los pulmones.

—Tres cervezas frías y una fuente de pescado frito.

La camarera, joven y bonita, cuando me vio como si fuera un recién llegado del frente de Chechenia, rápidamente se imaginó de dónde venía y me dio ánimos con un *vive le Earthcare!*, y se fue altiva y orgullosa.

Yo, sin comentarios.

Tras calmar la sed con el helado y dorado líquido, picamos en silencio unos taquitos de mero, pez espada, rodaballo y fletán negro. Después llegó el turno de las elucubraciones. La primera, a cargo de Roger:

—Sin saber por qué, tengo el presentimiento de que Bob está a bordo del *Orion*. Pero ¿qué relación puede haber entre un cargamento de plutonio y el origen del hombre?

Yo:

—¿No será mejor denunciarlo a la policía?

Ella:

—Mira, aparte de que no sabemos con certeza si Bob está a bordo, esconder a un tipo en un mercante es lo más fácil que existe. Por otra parte, creerán que la denuncia es una artimaña para retrasar la salida del barco y nos harán un millón de preguntas. Y aunque lo registraran, cosa que dudo, sólo conseguiríamos que los raptores se pusieran nerviosos y tal vez se cargaran a Bob. Y yo, viuda para siempre... No, ni pensarlo. Yo creo que la solución pasa por Nueva Amsterdam y que es allí donde la vamos a encontrar. Así que, ya que el *Explorer III* nos está esperando en un muelle de Colombo, lo mejor es que vayamos a Ceilán y naveguemos hacia nuestro destino... —me miró a mí, y como la suerte ya estaba echada, le propuso a Roger—: ¿Te vienes?

Yo no salía de mi asombro: ¿a Ceilán? ¿Cuándo? ¿Ahora? Pero si todavía nos quedaban cosas que hacer en Francia. Y además tenía que comprarme ropa sin falta.

—¿Cuándo te propones salir? —pregunté por curiosidad.

—Esta noche o mañana por la mañana.

Roger pensó un poco.

—Lo siento, pero no puedo ir. Tengo conferencias, clases, y me esperan en el trabajo. Además estoy ayudando a mi hija a terminar un complicado dossier de sociología europea. Os lo agradezco de veras y lamento no poder acompañaros, porque hace años que no viajo, y lo echo mucho de menos. De cualquier manera, quedándome aquí podré tratar de obtener información. Iré a ver al tipo ese de Le Club Paradis, al Ministerio, procuraré averiguar quién nos sigue, y os tendré informados.

—Gracias, Roger, por todo lo que estás haciendo por nosotros —Nina le puso una mano en el hombro y le sonrió. Mientras, con la otra mano estaba ya urgando en su bolso en busca de monedas. Cuando las tuvo dijo:

—Voy a llamar al aeropuerto para preguntar cuándo sale el próximo vuelo con destino a Ceilán.

En silencio me comí otro montado de mero y me bebí otra cerveza.

Nina regresó con una sonrisa en los labios.

—Hay un avión para Madrás a las dos de la mañana. He reservado dos plazas. Allí buscaremos un enlace con Colombo.

Apuramos las cervezas, pagamos y pregunté si al menos podíamos dar un paseo por la playa. Me sentaría bien para recuperar un poco el tono corporal. Ese deseo sí me lo concedieron.

Caminamos por el borde del mar, que tenía un tono azul grisáceo. Íbamos descalzos (qué remedio) y con los pantalones remangados, si es que a los míos se les podía llamar pantalones, y las olas, cada vez que aterrizaban sobre la arena, nos cubrían los pies. El agua fría en los tobillos me reconfortaba. El sol del atardecer nos daba de cara. A mí eso no me hacía mucha gracia, porque nosotros pasamos más calor por eso de que el negro absorbe los rayos. Pero debo reconocer que, aquella tarde, el calorcito me ayudó a recuperar el tono perdido. Nina y Roger caminaban en silencio y con las frentes altas cargando energías para los movidos tiempos que se avecinaban. Hacia mitad de la playa, Nina se quedó rezagada y, cuando nos volvimos, la vimos con los pies en la espuma, su hermosa cabellera fueguina ondeando al viento y la mirada perdida en el horizonte azul. Fuimos a su encuentro.

—Aparecerá, no te preocupes —le dije—. Con que tenga para resistir la mitad de fuerza que tú tienes para buscarle, no le pasará nada.

Ella pareció volver de un sueño y me miró como si no supiese dónde se encontraba, ni quién era yo. Reanudamos el paseo y se me ocurrió una pregunta:

—Si tanto les interesa esa isla o lo que ella oculta, ¿por qué no han rastreado su historia en la Biblioteca Nacional de Amsterdam? No les habría sido difícil localizar el diario de Van der Neis, ver el mapa y saber exactamente dónde está la cueva, tal como hicisteis vosotros.

Nina se paró, y un misterio recorrió su cara. Nos lo desveló sólo a medias.

—Es posible que ya lo hayan hecho. Pero no habrán encontrado el mapa de la cueva, porque... lo tengo yo.

—¡¡¡¡¡¡¡¡¡¡¡¡¡¡¡¡¡¡¡¡¡¡¡¡

—¿Qué quieres decir? —no sé si fue Roger o yo quien hizo la pregunta.

—Quiero decir que cuando descubrimos el diario y nos dimos cuenta de su trascendencia para nuestras investigaciones, yo arranqué las páginas del mapa y de la localización de la cueva... Las llevo conmigo —concretó, y se tocó el corazón.

—¿Dónde? —se me escapó, y me arrepentí de haberlo preguntado.

—Conmigo. Lo demás no importa —Nina, opaca.

Roger y yo admirábamos el pedazo de mujer con que habíamos topado. No tenía desperdicio.

—Ahora, no pueden encontrar la cueva si alguien no los lleva hasta ella. Yo no voy a hacerlo. Bob, tal vez sí, pero tendrán que ponerle una pistola en la cabeza.

Llegamos al extremo de la playa. Desde allí veíamos el final del puerto, el *Orion* y su escolta armada. Miramos hacia el mar abierto y, al otro lado de la bocana, divisamos el *Galápago*, el barco de Earthcare, dispuesto a seguir la estela del buque atómico por los siete mares.

Enfrente, el sol se inclinaba sobre el mar, y los violetas y corales del atardecer daban a nuestra marcha cierto aire impresionista.

—Hora de volver y hacer las maletas —comentó Nina, olvidando que sólo ella tenía maletas.

A mí, por no quedarme, no me quedaban ni zapatos. Tenía el brazo un poco inflamado y me dolía el moratón del costado. Así que en cuanto regresamos al coche me acomodé en el asiento trasero y, entre el ronroneo del motor, los efluvios de la cerveza y la bajada de la adrenalina a niveles normales, me quedé dormido enseguida.

Me desperté en el portal de París. Era ya noche cerrada.

—¿Cómo te sientes?

—Mejor, gracias.

Era verdad. Estaba algo repuesto, pero no con fuerzas suficientes para ir en avión hasta el otro lado del mundo. Una vez en el apartamento, Roger me comentó que no había visto a nuestros perseguidores en todo el camino de vuelta, pero que, por precaución, había ideado un plan para que no se enterasen de nuestro viaje a Ceilán.

Su comentario no me tranquilizó.

Como tenía un par de horas libres, cogí folios y bolígrafo y me puse a redactar un resumen de lo sucedido durante mi estancia en Francia. Por un momento pensé hacerlo en el ordenador de Giselle y enviarlo por correo electrónico. Pero si Ciberpepe y Surferjuán eran capaces de entrar en el corazón de Rec-atom, ¿qué seguridad podía tener yo de que nadie interceptaría mi comunicación? Creí más seguro el tradicional medio de papel, bolígrafo y emisarios. Y a él recurrí. Cuando terminé la redacción la metí, junto con la cinta *Humanidad 2,* que había grabado en el coche, en un sobre de estraza y busqué en el Minitel el teléfono de la delegación parisina de nuestra compañía de mensajería urgente. Llamé y me aseguraron que pasarían al día siguiente a las nueve. También aproveché para preguntar si tenían sucursal en Ceilán, y me respondieron que no, que la más próxima era Bombay. Necesitaba esa información: ahora sabía que si mandaba algo desde allí, tendría que hacerlo por correo. Les di las gracias y colgué. Luego le dije a Roger que pasarían temprano a recoger el sobre, que dejé sobre el aparador del vestíbulo, al lado de una planta de lavanda. Así llegó la hora de preparar la partida.

Mientras Nina hacía su maleta, yo me probé unas cuantas camisas de Roger y de Giselle porque no podía presentarme en el aeropuerto manchado de sangre y descalzo. Pero ninguno de los dos era de mi talla. Al final, me puse unas chanclas de piscina, unas bermudas de color naranja y una camiseta de los Simpson.

Una vez «vestido» llamé a la oficina. Hablé con Arturo, el redactor-jefe, y le conté cómo iba el reportaje, sin mencionar la paliza. Le dije que la primera crónica saldría al día siguiente y que me habían robado todo el material en un restaurante. Le pedí que me mandara otra grabadora y otra cámara, baratas, eso sí, al *Explorer III*, Puerto de Colombo, Ceilán.

—¿Adónde? —me preguntó incrédulo.

—Colombo, Ceilán —le repetí—. Salimos hacia allí esta misma noche. Comunícaselo a la jefa y dile que la crónica llegará mañana. Aaaah, casi me olvido. Diles a nuestros cibernautas que investiguen las empresas del grupo Mercure, su posible conexión con Durban, Suráfrica, y que me envíen los resultados al barco.

—Lo haré —se despidió deseándome suerte en mi periplo asiático.

Me miré al espejo y pensé que si mi jefa me encontraba en el aeropuerto, me quitaría el reportaje en el acto. Y es que sólo me faltaba un gorro de chinchilla para exhibirme en un circo.

Después, salimos hacia el aeropuerto, pero de una forma bastante curiosa. Roger nos había organizado una fuga tipo Alcatraz.

—Ahora voy a pedir un taxi. Le diré que vaya a la rue Saint Barthélemy, 6. Es la calle de atrás. Os acompañaré por un camino que comunica los dos bloques de casas. Así no os seguirán nuestras sombras. Si podemos despistarlos y hacerles creer que seguís en Francia, conseguiréis una ventaja importante.

Tras la llamada a *radiotaxi,* bajamos por la escalera al rellano del primer piso. Allí, Roger abrió la ventana, y saltamos al corredor de un patio interior. Una verja baja, dos, otro patio interior, y al final, enfrente, otra ventana. Parecía cerrada, pero cedió. Roger nos explicó:

—Este camino me lo enseñó Giselle. Es el que ella seguía cuando se escapaba con un novio que a mí no me gustaba. Cruzaban por aquí para no encontrarse conmigo o con un posible chivato.

Llegamos al descansillo de otra escalera, bajamos un piso, cruzamos un zaguán oscuro y alcanzamos el portal. Una luz verde esperaba en la calzada.

—Ése es el taxi. Cuidaos —nos susurró—. De todas maneras, aseguraos de que no os siguen —añadió.

Nina le dio dos besos. Yo le dije que esperaba volver a verle pronto y, aprovechando la oscuridad, nos deslizamos discretamente hasta el coche, aunque mi atuendo chillón no era muy idóneo para pasar inadvertido. Nina entró primero, y...

—*Bonsoir, monsieur. Aéroport Charles de Gaulle s'il vous plait.*

El chófer arrancó.

Durante el primer cuarto de hora no paramos de mirar hacia atrás. Luego nos convencimos de que nuestra estratagema había funcionado, pues no se veía por ningún lado un coche burdeos. Dejamos a la izquierda la iglesia del Sacré Coeur: tampoco había tenido tiempo de ver el famoso barrio de Montmatre. Mi paso por París no podía haber sido más relámpago. Y ahora a Ceilán. Al otro extremo del mundo. A ver lo que nos esperaba allí.

El avión era un Airbus grande e iba a tope. Como yo había salido de París con la mosca detrás de la oreja a causa de los supuestos perseguidores, en cuanto pude desabrocharme el cinturón de seguridad, me levanté y fui al baño, pero con el fin de examinar desde el pasillo los rostros de los pasajeros en busca de posibles sospechosos. Tres cuartas partes del pasaje eran indios de la India. El resto, europeos. Jóvenes parejas, con más pinta de recién casados en viaje de luna de miel que de agentes secretos de la malvada organización que no nos dejaba ni a sol ni a sombra. Volví a mi sitio casi totalmente seguro de que los habíamos despistado. Nina se alegró de la buena nueva. La noté animada y esperanzada.

—Tu marido puede estar orgulloso de tener una mujer así —le dije—. Si siempre afrontas las cosas con esta decisión y entereza, será muy difícil que os vaya mal en la vida.

—No hay otra forma de enfrentarse a las adversidades. Tuve ocasión de aprenderlo de chica.

—¿Qué te pasó?

—Vivíamos en una pequeña aldea del Cantábrico. Mi padre era pescador de altura, y le veíamos de pascuas a ramos. Cuando no estaba en la campaña del bonito, estaba en la del fletán, o en la del bacalao. A veces tardaba más de medio año en regresar a casa. Y a lo mejor sólo para tres o cuatro días. Fue un personaje fantasma dentro de mi niñez. Soy la mayor de cuatro hermanos y enseguida tuve que llevar, junto con mi madre, el peso de la casa. Siempre vivíamos con la incertidumbre del regreso de mi padre. Sabíamos que cualquier día podía quedarse en el mar y, eso te hace forjarte un carácter fuerte. Cuando yo tenía quince años, sucedió lo que siempre habíamos temido: un telegrama de condolencia del Ministerio y una visita del patrón de la compañía para decirnos que mi padre se había quedado para siempre en el Gran Sol. A partir de entonces mi vida fue más dura aún. La pensión de mi madre no alcanzaba y teníamos que hacer milagros. Terminé los estudios primarios a fuerza de tesón. Luego mis hermanos empezaron a trabajar y hubo un poco más de dinero en casa, y yo pude hacer la carrera en Salamanca...

Así concluyó la conversación. Yo empezaba a admirarla. Durante los dos días que llevaba con ella, habíamos estado corriendo de un lado a otro, y ella no había dado el menor signo de flaqueza.

Al poco rato, las azafatas pasaron los carritos con un refrigerio que, por su aspecto de plástico y por lo intempestivo de la hora, rechazó casi todo el pasaje. Después se apagaron las luces, y desde el fondo de la cabina llegaron unos ronquidos estremecedores que, sin embargo, cesaron enseguida, supongo que por el brutal codazo del vecino de butaca. Nina se arrellanó en su asiento, se echó una manta, apoyó la cabeza contra la ventanilla y se quedó dormida.

Yo, como me sentía fresco, eché mano a la mochila y saqué otro de los libros que había cogido en casa de Nina. Pero era tan pesado que me quedé dormido en la página 40 sin haber entendido casi nada.

Hacia las seis de la mañana (hora europea) nos cruzamos con el amanecer a la altura del desierto arábigo. Era un amanecer galopante, con prisas. El sol se elevaba a velocidad supersónica, como si tuviera hambre y buscara su desayuno en algún lugar del cielo. Yo, con el cambio de hora y de continente, estaba tan despistado que no sabía si el nuevo día era el mismo que ya había vivido en Europa o me había saltado un día de mi existencia. La cuestión no debió de preocuparme mucho porque a esa hora me entró un invencible sopor y, aunque ya había en el pasillo bastante trasiego de pasajeros, azafatas y auxiliares, me dormí como un tronco.

Lo siguiente que recuerdo es una voz angelical anunciando nuestra llegada a Madrás. El pasaje se animó mucho con la noticia; unos, por el inminente regreso al hogar, y otros, porque iban a pisar un continente desconocido para ellos. Yo estaba entre los últimos.

Tras dar los buenos días a mi compañera e ir al servicio para lavarme y mirarme en el espejo el moratón de la espalda, que afortunadamente disminuía, hice a Nina una serie de preguntas básicas para no estar desprevenido. ¿Lengua oficial? El inglés y el indi, aunque hay otros ciento treinta idiomas y cerca de ochocientos dialectos. ¿Moneda? La rupia y el dólar. ¿Gente? Amable y hospitalaria. ¿Clima? Tropical.

—No cambies dinero, que sólo vamos a estar un par de horas —me informó—. Mientras estabas en el baño, el auxiliar de vuelo me ha dicho que a las tres sale un avión para Colombo.

Como estaba despistado, le pedí que me aclarase el lío:

—Las tres, ¿de dónde? ¿De Francia? ¿De Madrás?

—Las tres y basta. Cuando lleguemos a nuestro destino, ya cambiaremos el reloj. Ahora, de momento, da igual qué hora es y de dónde —me contestó.

En cuestión «tiempo», Nina era casi más africana que yo. No llevaba reloj y jamás la oí preguntar la hora, ni cuánto queda para llegar, ni en qué día estamos. En ciertas cosas me recordaba a las gentes de África, que no tienen *chip* de tiempo. Lo que marca el horario de las personas es el ritmo de la vida, no un aparatito con agujas enganchado a la muñeca. Allí nadie ha oído hablar de los segundos, los minutos no existen, las horas se derriten y los días pasan de incógnito. Por eso, ni en tiendas ni en oficinas hay horarios concretos. No se sabe a qué hora salen o llegan trenes, autobuses y barcos. Y por no saber, casi nadie sabe la fecha en que vive. Recuerdo que en casa de un tío mío se habían quedado anclados en marzo de 1955, que era la hoja de un calendario amarillento que presidía el salón y que mi tía mostraba orgullosa a todos los visitantes. En mi pueblo nos orientamos con expresiones como «cuando croan las ranas», que es el amanecer; el mediodía es «el momento en que el día se divide en dos», y al tiempo anterior a la cena lo llamamos «cuando juegan los niños».

Estuvimos un par de horas en la zona de tránsito del aeropuerto de Madrás. Como la espera me resultaba aburrida, me fui a dar una vuelta por los *duty-free:* tabaco, bebidas, librería y *souvenirs.* Pero ni una boutique de ropa que me permitiese desprenderme de la pinta de turista marciano con que había llegado a la India. De repente, al pasar por delante del escaparate de una tienda de electrónica lleno de televisores, equipos de música y ordenadores, me asaltó la duda: ¿podía confiar en la agencia de mensajería? ¿Llegarían al *Explorer III* la máquina de fotos y la grabadora que había encargado a mi redactor? Preferí no dejarlo al azar y decidí entrar y hacerme con ambas cosas. Más vale prevenir. Para las fotos, elegí una Olympus automática. Sencilla y sin complicaciones. Y, para las crónicas, el último modelo de *walkman* Sony, que me serviría también para escuchar música durante la larga travesía oceánica que teníamos por delante. Añadí una docena de carretes, cintas y pilas, pagué todo con *travellers checks* y regresé a la sala de espera.

Para aprovechar el tiempo, le pregunté a Nina si podíamos seguir con la historia de nuestros ancestros, que habíamos dejado a medias en El Havre. Ella no tuvo inconveniente, así que saqué mi grabadora nueva, instalé una cinta, apreté el ON y le recordé dónde habíamos quedado:

—Decías que, cuando aquella tierra común ya era un lugar habitado por gran cantidad de tribus en constante evolución y contacto permanente, empezaron los problemas. ¿A qué tipo de problemas te referías?

—A unos que hoy, sesenta o setenta mil años más tarde, vuelven a plantearse. Pero ahora a escala planetaria. Me refiero a la saturación demográfica y al deterioro ecológico. El número de habitantes aumentó tanto que los recursos comenzaron a escasear. Eso coincidió con una época de calentamiento terrestre, el período Eunnensis, en que los hielos que cubrían el hemisferio norte se derritieron, y el nivel del mar subió, inundando parte de aquella isla-continente. Esos dos hechos provocaron guerras, hambre y enfermedades.

—¿Y por qué no se extinguieron aquellos hombres? —pregunté.

—Porque los grupos que vivían más cerca del mar conocían ya algunas técnicas de navegación y escaparon en embarcaciones rudimentarias. Muchos perecieron en el camino, pero otros, saltando de isla en isla, alcanzaron las grandes masas continentales.

—Y una vez en ellas, ¿qué hicieron?

—Reorganizarse. Volver a empezar, cosa que no les resultó muy difícil porque el *homo sápiens* ya tenía unas estructuras cerebrales, es decir, una inteligencia muy desarrollada; había aprendido a razonar; poseía una cierta organización social y un lenguaje incipiente; dominaba el fuego; fabricaba armas y venenos, y sabía protegerse de los peligros. Así pudo sobrevivir en unos territorios vírgenes, enormes y semivacíos. Fue el segundo nacimiento de la especie. Tras su larga odisea marina, los hombres se instalaron en sus nuevos hábitats y, ya sin limitaciones de espacio, empezaron a multiplicarse en progresión aritmética. Al mismo tiempo, perfeccionaron su organización social y sus técnicas de fabricación de armas, herramientas y vivienda. Así se formaron grupos tribales fuertes, numerosos y homogéneos que se extendieron por todo el planeta sin que nada ni nadie pudiera detenerlos. Gracias a la técnica y al ingenio vencieron y aplastaron todo lo que se interponía en su camino, fueran grupos de homínidos, animales peligrosos u obstáculos geográficos. El largo camino de la conquista global había empezado.

»La mayoría de los individuos que llegaron a África, siguiendo las tierras emergidas del dorsal de las Mascareñas, eran de la rama pigmea: bajitos, piel de color hollín, poco pelo, inteligentes y muy preparados. Poco a poco se dispersaron por las selvas y sabanas aprovechando los infinitos recursos de la tierra: frutos silvestres, caza y gran variedad de tubérculos y legumbres. En pocos siglos se adueñaron de la parte central y oriental de África, como lo demuestran los hallazgos arqueológicos de los últimos años. En su expansión se encontraron con bandas de prehumanos a las que aniquilaron gracias a su superioridad técnica. De todos modos, los supervivientes de esas masacres se mezclaron con los recién llegados, dando origen a nuevas etnias, de las que desciende el enorme y variado conjunto de pueblos que hoy vive en tu continente.

—Y ¿lo mismo sucedió en Asia y en Australia? —inquirí.

—Efectivamente. Desde aquella tierra primigenia, algunos individuos predrádivas y pigmeos llegaron a Ceilán, Andamán y Malasia, remontando el dorsal Noventa Este. Los predrávidas fueron los que, a la postre, prevalecieron en esa parte del mundo, invadiendo la India, donde exterminaron a otros homínidos menos desarrollados, y después Tíbet, Mongolia y China, para terminar cruzando el estrecho de Bering y poblando América. La colonización de Australia fue más sencilla, pues los que llegaron allí, por las cimas del dorsal Transoce, no encontraron homínidos, de modo que su asentamiento fue más fácil y tranquilo. Afortunadamente, los aborígenes australianos, por su insularidad y su aislamiento, han conservado casi intacto su estilo de vida. Los descendientes de aquellos primeros argonautas colonizarían después el Pacífico, dando origen a las distintas culturas polinésicas.

Nina guardó silencio. Luego sacó un libro del bolso y añadió:

—Ahora, si no te importa, voy a echarle una ojeada a esta guía de Ceilán.

¿Importarme a mí? ¡Qué va! Todo lo contrario. Yo, feliz de haber terminado con aquello. Por fin lo tenía todo. Paré la grabación, titulé la cinta *Humanidad 3* y la guardé como un tesoro pensando que ya sólo nos faltaba dar con Bob, encontrar la cámara mortuoria de nuestros antepasados, aclarar qué diablos sucedía en esa isla y anunciar el descubrimiento a los cuatro vientos.

¡Din, don!

—Señoras y señoras pasajeros del vuelo Air India 306 destino Colombo, embarquen por puerta 13... Colombo, puerta 13.

El nuestro. Nos levantamos y, tarjeta de embarque en mano, nos dirigimos hacia la tripa del gran pájaro de hierro que nos transportaría a una de las islas a las que, según Nina, llegaron algunos de los supervivientes de la gran travesía.

Ella pasó el viaje leyendo la guía, y yo mirando por la ventanilla. Volamos entre la costa oriental de la India y el golfo de Bengala, cuyas aguas eran de color turquesa, tranquilas, limpias y transparentes. Al cabo de un rato apareció el litoral ceilandés y el avión comenzó a descender. Vi larguísimas playas de arena blanca delante de un exuberante bosque de cocoteros y palmeras que me recordó mi patria.

—Dentro de breves momentos aterrizaremos en el aeropuerto internacional de Katunayake —sonó por los altavoces—. Son las 17.30, hora local. La temperatura exterior es de 30 grados.

Menos mal que iba en chanclas y camiseta. Aun así, en cuanto pisara tierra me compraría ropa.

Tras el rutinario papeleo, registro de equipajes y cambio de francos y dólares por rupias locales, salimos al vestíbulo del aeropuerto, presidido por un gran mural con escenas locales: mujeres tamiles recogiendo hojas de té en inmensos campos verdes, playas paradisiacas, figuras de Buda sedente y retratos de gentes de sonrisa sincera y dientes blanquísimos. En la parte inferior del mural, una leyenda en letras doradas definía el país al que acabábamos de llegar:

EL PARAÍSO EXISTE. YO LO HE ENCONTRADO

Marco Polo

Era un buen augurio. Marco Polo se pasó media vida cruzando el mundo, y cuando él dijo eso, aquella isla debía de tener algo especial. Muy especial. Además, en el mismo vestíbulo, Nina y yo caímos en la cuenta de que había mucha gente sonriente. Así que nos dirigimos con buen ánimo al exterior y cogimos el primer taxi de la fila.

Al salir, nos pegó en plena cara el bofetón del trópico. Calor y humedad, que junto con el olor de la brisa marina y un cielo salpicado de nubes de algodón compacto, me hicieron pensar con añoranza en mi tierra.

Tuvimos que cambiar el *chip* del idioma. En adelante había que utilizar el inglés. Yo lo agradecí pues, como llevaba un par de días sin apenas atreverme a abrir la boca debido a mi horrible pronunciación del francés y a mi corrosivo empleo de la gramática, ya tenía ganas de tomar la iniciativa en las conversaciones.

Feliz de poder hablar normalmente, indiqué nuestro destino al chófer, un singalés de piel aceitunada, enorme sonrisa, bigotón y falda a cuadros hasta los pies.

—Al puerto, por favor.

Colombo no me recordó el paraíso. Pero en la época en que Marco Polo definió así la isla, esa ciudad no existía. Aunque sólo pasamos por barrios periféricos, imaginé que el resto sería igual: caos circulatorio, calor asfáltico, pestazo a aceite de palma refrito, muchedumbres circulando por mitad de la calle y vendedores ambulantes que metían la cabeza por la ventanilla y te ofrecían gangas. Pero me llamó la atención una cosa cuya ausencia me chocó al llegar a Europa y que eché de menos durante los primeros años de mi estancia: los niños. En Ceilán los había a millares. Niños por todos lados: vendiendo *souvenirs* en la calle, jugando al fútbol en descampados, corriendo como locos por los parques. Aparecían y desaparecían con la misma rapidez, pero su presencia se sentía en las calles, plazas y avenidas que atravesamos camino del puerto.

Los edificios de la ciudad eran una extraña mezcla de arquitectura colonial inglesa y construcciones de madera de estilo asiático. Es sabido que la capital de un país no suele reflejar la armonía y el buen gusto que encuentra uno en sitios más pequeños. Y Ceilán y Colombo podían ser un ejemplo de eso.

Afortunadamente, de camino hacia el puerto, pasamos por los dos lugares a los que yo tenía que ir a toda costa: el mercado de Pettah y la oficina de Correos. Al primero para comprar la tan deseada ropa nueva; al segundo para enviar mi crónica.

Tras media hora de lucha automovilística, en la que no faltaron los gritos e improperios, llegamos a la entrada del puerto. Preguntamos por el *Explorer III* a un guardia.

—Muelle número 15. Todo recto por allí —nos indicó.

Pasamos por delante de grandes grúas, mercantes y sampanes de pesca. El taxista paró a la entrada del muelle, y apareció ante nosotros, entre las luces violetas y rojizas de la caída de la tarde, un buque de unos cuarenta metros de eslora, con el casco totalmente pintado de un naranja chillón que me recordó el *Calypso* de Cousteau, pero en moderno.

Antes de bajarnos del taxi, el chófer se brindó a servirnos de guía, si queríamos viajar por la isla. Agradecimos la gentileza, prometimos llamarle si lo necesitábamos, pagamos y subimos por la escalerilla hasta el puente. El marinero de guardia nos paró, y Nina le explicó quiénes éramos y el motivo de nuestra visita.

—Ah, sois los científicos de la próxima expedición. Mucho gusto. Me llamo Dikembe, soy sudanés, y estaré encantado si puedo ayudaros en algo. Venid conmigo. Os presentaré al capitán. Creo que no os esperaba hasta dentro de unos días.

Mientras nos guiaba por la cubierta de babor, se volvió para mirarme de nuevo. Y es que yo parecía cualquier cosa antes que un científico en misión de trabajo. Le aclaré que iba con la experta como reportero y que era el enviado de un periódico español.

Caminamos hacia la proa y entramos en una sala con varias mesas y una barra de bar, donde departían media docena de marineros y un par de oficiales.

—Es aquél —nos señaló Dikembe, y rápidamente se volvió a su puesto de vigía.

El capitán era alto, de vientre abultado, cabello y barba canosos, piel sonrosada y voz cazallera. Tenía aspecto sanote. Cuando Nina le dijo quiénes éramos, se llevó la sorpresa del mes.

—¿Cómo? ¿Ya habéis llegado? ¿Cuántos sois? Sentaos, por favor. ¡Qué alegría! —y se presentó—: Me llamo Green, Frederyck Green. Soy de Plymouth, Inglaterra, pero también hablo francés, alemán y ruso, por si os desenvolvéis en alguno de esos idiomas mejor que en inglés. Éste es el primer oficial, Ahmed —el de al lado se levantó y nos tendió la mano derecha a la vez que se ponía la izquierda sobre el corazón: el saludo musulmán.

A continuación, el capitán nos presentó, uno por uno, a los marineros que se encontraban a bordo. Los había de todas las nacionalidades: un griego, un chipriota, dos pakistaníes, un coreano, dos singaleses y un cubano. Aquel barco parecía la Torre de Babel.

—¡Roy, dos tés para los recién llegados! —le gritó al camarero—. ¿Queréis algo de comer? —añadió.

—No gracias —rechacé educadamente—. Yo prefiero un café. No me gusta el té.

—¿Que no te gusta el té? No se te ocurra decir eso en la calle. En Ceilán, la patria mundial del té, es casi un sacrilegio.

Me quedé cortado. Pensé que podía intentar beberme uno, pero el té siempre me había parecido agua con colorante. Y encima calentucha. Guardaría mi secreto como una tumba.

Tras el frugal refrigerio, hablamos de nuestra expedición.

—¿Cuándo podemos partir? —preguntó Nina.

—Pronto. Estamos pendientes de un documento que tiene que llegarnos de Mónaco. Falta la confirmación bancaria del pago del alquiler del barco, terminar la revisión de los motores y cargar combustible. Si no hay contratiempos, podremos zarpar pasado mañana por la tarde, aunque sé muy poco de esta expedición. Tendréis que concretarme el rumbo, los objetivos y los planes.

—Naturalmente —respondió Nina.

—Así tendremos tiempo para hacer un par de gestiones —comenté yo.

—Ahora nos ocuparemos de vuestro acomodo. Como no os esperábamos hasta dentro de unos días, vuestros camarotes no estarán preparados, pero eso se soluciona enseguida. Ahora mismo irán dos chicos a hacerlos —se volvió hacia la mesa donde los marineros jugaban a las cartas y ordenó a dos de ellos—: Vreni, Joe, preparad el 5 y el 6 para nuestros huéspedes —luego se dirigió a nosotros—: Mientras los hacen, os enseñaré el barco. Veréis qué maravilla de la ingeniería naval.

Nina hizo ademán de coger su maleta, pero el capitán la detuvo:

—Déjala. Los chicos se ocuparán de vuestros equipajes. Seguidme, por favor —se levantó, cruzamos la sala y bajamos por una escalera hacia el corazón del barco—. Os lo voy a mostrar de popa a proa y de abajo arriba —nos explicó—. Al principio resulta un poco lioso, con tanto pasillo y tanta dependencia. Pero enseguida os familiarizaréis con él.

Bajamos otro nivel, recorrimos un pasillo con moqueta color caldera y paredes blancas, y llegamos a una gruesa puerta metálica, que abrió el capitán.

—Éste es el garaje. La popa tiene un portón levadizo, e izándolo se puede sacar lo que veis aquí.

Nos paseó por el interior. El lugar parecía un aparcamiento pero en pequeño: había tres *zodiacs* en hilera, un *jeep* y una especie de avión desmontado. Nos los fue mostrando uno por uno.

—Ésta es la lancha más pequeña; tiene un motor de 20 caballos y la utilizamos dentro de los puertos. La mediana la usamos para filmar o tomar muestras en el mar. Caben cinco personas y tiene un motor de 60 caballos. Y la grande sirve para desembarcar material y para asistir a los campamentos de tierra. Es muy potente y puede cargar hasta media tonelada.

Después, como si de una visita guiada se tratase, nos llevó hasta el coche. Un Suzuki rojo de cuatro plazas.

—Es un todoterreno para expediciones terrestres —abrió la puerta del conductor para que viésemos el interior. Normal, como el de cualquier coche. Cerró y nos condujo hacia una especie de moto con hélice—. Y esto es un ultraligero de dos plazas desmontado. Lo utilizamos para misiones de reconocimiento aéreo. Naturalmente, todo está a vuestra disposición.

Nunca había montado en ultraligero y viéndolo allí, aunque no parecía muy de fiar, tan menudo y endeble, me entraron ganas de probarlo. Volar como los pájaros..., ¡qué bello sueño!

Dejamos atrás el parque móvil y entramos en la sala de máquinas.

—Aquí lo tenéis —exclamó el capitán, más hinchado que una cobra en alerta—. Esta pequeña maravilla de la ingeniería humana es lo que mueve el barco. Un motor Barn-Sulzer, cuatro turbinas de 720 caballos. Capaz de hacer que este trasto navegue a 12 nudos, y con una autonomía de 7.000 millas. Un juguetito.

Pidió novedades al maquinista (estaba todo en orden), y reanudamos la visita.

—Ahora vamos a la cocina.

Era espaciosa, supermoderna, con los últimos adelantos en materia culinaria. Nos presentó al chef. Se llamaba Ricardo, pero todos le conocían por *Chile,* su país de origen.

—A ver, *Chile,* diles a nuestros visitantes cuántos tipos de cocina conoces.

Con una gran sonrisa y acento típicamente chileno, empezó su letanía:

—Francesa, italiana, española, brasileña, argentina, peruana, mexicana, cantonesa, coreana, japonesa, vietnamita, india, tibetana, árabe, tanzana, rusa...

—Basta, basta —le cortó el capitán—. Es capaz de llegar a cien.

Nos despedimos con un «hasta luego» y seguimos por otro pasillo, éste con pasamanos en las paredes. Green continuaba con sus explicaciones:

—Éste es el comedor de la tripulación —asomamos las cabezas: mesas largas...—. Y allí, al fondo, sus camarotes... Ahora subamos al nivel estrella del barco: los laboratorios.

Mientras ascendíamos por la escalera, Green nos habló de la tripulación.

—Seremos tres oficiales, dieciséis marineros y vosotros dos. ¿O viene alguien más? El buque puede albergar hasta diez investigadores.

Nina le respondió que, en principio, sólo iríamos nosotros dos.

Una vez en el nivel 2, el capitán dio rienda suelta a su orgullo.

—Estamos en el corazón científico del barco. Hay cuatro sofisticados laboratorios con una superficie total de trescientos metros. Os los enseñaré —abrió la primera puerta—. Éste es el de biología.

Era una habitación grande, con paneles de madera, focos halógenos y muchos instrumentos. En una mesa central había varios microscopios y el capitán nos mostró un autoclave, un agitador de líquidos, un secuenciador...

—Ahora vamos al laboratorio de meteorología —dijo, y nos llevó hasta la puerta de enfrente.

Mapas de todos los continentes en las paredes. Mismo ritual de visita:

—Medidor de la capa de ozono, anemómetros, barómetros, armario para los globos sonda, ordenadores conectados a los centros meteorológicos más importantes del mundo: NASA, Greenwich...

Salimos y entramos en el siguiente: el de oceanografía y geología. Pequeño paseo viendo medidores de resistencia y estratigrafía, sismógrafos, cámaras de vídeo submarinas, instrumentos para granular y más microscopios.

Por último visitamos el de química, lleno de vitrinas, frascos y líquidos de todos los colores.

Pensé que si iba a estar unos meses viviendo entre aquellos complejos aparatos, podía aprovechar la oportunidad para mejorar mis conocimientos científicos.

El capitán seguía llevándonos de un lado para otro a matacaballo.

—Ahora pasemos a vuestros camarotes. Están a la vuelta.

Anduvimos por otro pasillo hasta una fila de puertas. Abrió la número 6.

—Éste es el tuyo, Salomón —miró dentro y se sorprendió—. Pero ¿no han traído el equipaje? Si he ordenado que...

Le tranquilicé diciendo que no le habían desobedecido. Que lo que pasaba era que yo no tenía equipaje.

—¿Cómo? ¿Vienes a una expedición de cuatro meses sin nada? —y me miró como pensando: «Qué tipo más raro».

Como no se me ocurrió ninguna respuesta convincente, opté por callarme. Fuimos al número 5, el de Nina. Su maleta estaba sobre la cama.

Los camarotes eran cómodos. Paredes de imitación de madera de pino y suelos con moqueta de color avellana. Espacio para una cama nido, armario con espejo, una mesa de trabajo, ojos de buey, teléfono interior, aire acondicionado y aseo completo. Una maravilla. Yo estaba encantado, a pesar de que no tenía buenas experiencias con el mar. En las tres travesías que había hecho en mi vida me había mareado y había echado hasta la bilis. Esperaba que esta vez fuese diferente, pero no por ello dejaría de tomar mis precauciones.

Desde allí, nos dirigimos a la sala de telecomunicaciones: una habitación repleta de aparatos electrónicos manejados por un oficial.

—Éste es Olivier, monegasco, el oficial de comunicaciones. Cuando queráis enviar o recibir algún mensaje, acudid a él. Os ayudará en todo.

Tras visitar los pisos inferiores, volvimos al puente. Allí nos mostró la sala de reuniones y el bar, un salón de juegos y una pequeña biblioteca. Era el único lugar del barco que tenía cuadros en las paredes: dos tempestades de Turner. Inquietantes, pero encantadoras.

Finalmente, en la cabina de mando nos presentó al timonel de guardia. Como me vio deslumbrado por tanto panel, el capitán me detalló los instrumentos de ayuda a la navegación, pero fue como si me hablara en bimbinga: gravímetro, magnetómetro, giróscopo, radar de superficie, sonar Simbad, y no sé cuántas cosas más.

Finalizada la visita, pasamos al comedor, donde devoramos un *shambol,* el plato típico de las isla: arroz, *curry* y pescado. Picaba, pero estaba bueno. Yo repetí. En el postre, el capitán nos dijo que al día siguiente nos reuniríamos a primera hora para concretar los detalles de la expedición.

Cuando ya íbamos a nuestros aposentos, Olivier, el radiotelegrafista, nos alcanzó con un papel en la mano:

—Salomón. Nina. Hay una comunicación para vosotros.

Los dos nos quedamos extrañados: ¿un mensaje nada más llegar?... Lo recogí, di las gracias y entramos en mi camarote. Era de Giselle, la hija de Roger. Lo mandaba desde su cuarto de París a través de Internet. Malas noticias. Muy malas:

París Francia 33-1-432.10.36
Transmisión O.K.

MENSAJE DE GISELLE Y ROGER DEBRY PARA SALOMÓN NARVÁEZ Y NINA ROSENTHAL. BUQUE *EXPLORER III.* COLOMBO. SRI-LANKA.

Salomón, Nina, ¡cuidado! ¡Estad atentos! Van por vosotros.

Llegué a casa de madrugada, poco después de vuestra marcha, según supe después. Entré sigilosamente para no despertar a mi padre, y al cerrar la puerta, alguien me tapó la boca y me inmovilizó. Me arrastró al salón. Tenían a mi padre atado a una silla y con un esparadrapo en la boca. Eran dos tipos con cara de pocos amigos. Me retuvieron de pie mientras escuchaban la cinta que dejaste tú. Querían saber dónde estáis. Como no le sacaban ni una palabra a mi padre, uno de los tipos abrió el ventanal de la terraza, me agarró por la garganta y amenazó con tirarme por el balcón si mi padre no hablaba. Mi padre no pudo resistir y les reveló vuestros planes. Se fueron sin hacernos daño, pero se llevaron tu cinta y el sobre, y nos advirtieron que si avisábamos a la policía nos harían otra visita, que sería la última.

A pesar del susto, estamos bien, pero tememos por vosotros.

Cuidaos mucho. Van en serio.

Besos. Giselle

Lamenté la violencia de que Giselle y su padre habían sido objeto y me pregunté si esos tipos vendrían por nosotros y cuánto tardarían en llegar al barco. También recordé que mi crónica se había ido al garete. Hacía tres o cuatro días que habíamos salido de Madrid y la jefa aún no había recibido noticias mías. Despido seguro.

—Afortunadamente, el encuentro no acabó mal, pero tendremos que estar atentos —dijo Nina, y rompiendo el mensaje, lo echó a la papelera—. Ahora saben que vamos a Nueva Amsterdam, y alguien tiene especial interés en que no lleguemos.

—Empiezo a acostumbrarme —contesté, aunque no era cierto. Hasta entonces nunca me había visto envuelto en un lío de espionaje y no me sentía a gusto en el papel de víctima.

—Mañana le pediré al capitán que adelante la salida. Si no se puede, le diré que doble la guardia y que esté muy atento a los extraños que rondan alrededor del barco. Hasta mañana, Salomón —dijo, y se fue.

Ésa era la única reacción de Nina ante la noticia de que habían estado a punto de tirar por la ventana a la hija de su amigo. A veces, mi compañera parecía vivir en otro planeta.

Me senté en la cama cabizbajo. Cuando iba a tumbarme, me vino a la cabeza el rostro de mi jefa con un mosqueo de espanto. «No le ha llegado ni una mísera letra mía. Estoy en la calle», pensé, y me imaginé haciendo cola para inscribir mi nombre en las listas de parados.

Como no me apetecía quedarme sin trabajo, decidí aplicar inmediatamente un remedio: fui al cuarto de comunicaciones y le pedí a Olivier que me dejara enviar dos mensajes cortos por correo electrónico. El primero, a nuestros amigos franceses; el segundo, a la redacción. Olivier, muy amable y servicial, me conectó los aparatos. Me senté y redacté ambos mensajes con un texto bastante parecido: les comunicaba que estábamos bien y que pronto zarparíamos para Nueva Amsterdam. A doña Adela le añadí que en breve recibiría mi primera crónica.

Le di las gracias a Olivier y me despedí, no sin antes pedirle una maquinilla de afeitar porque la barba ya empezaba a picarme. Regresé a mi camarote y me pasé un par de horas dictando la crónica a la grabadora. Cuando acabé, puse la cinta junto con la de *Humanidad 3,* que había grabado en el aeropuerto, las dejé sobre la mesilla y me acosté.

Poco tiempo. Dormí poco tiempo. Al menos eso me pareció cuando me despertó un rayo de luz amarilla que entraba por el ojo de buey. Me sentía incómodo por la falta de sueño acumulada, tras pasar una noche en un sofá de faquir y otra en el asiento superestrecho de un avión. Además me habían apaleado y había cambiado de continente. Y claro, uno no está hecho de fibra de vidrio...

Me entraron ganas de quedarme en la cama toda la mañana, pero la urgencia de enviar la crónica y la agradable perspectiva de comprar ropa nueva me desvelaron del todo.

Una vez levantado, me puse lo del día anterior, es decir, bermudas naranja, a juego con el casco del barco, y camiseta de los Simpson, con un «ligerillo» tufo a sudor. Salí del dormitorio, crucé la cubierta y bajé la escalerilla del barco, no sin antes decirle al vigía de puente a donde iba. Anduve tranquilo y sin prisas por los solitarios muelles. Pensaba tomar un taxi para evitar encuentros desagradables con los enemigos de Roger, que a lo mejor ya estaban espiándonos. Pero la mañana se alzó tan fresca y suave que invitaba a caminar. Y así lo hice. Además, el día anterior había visto que el mercado y Correos no estaban lejos del puerto, por lo que el riesgo sería menor.

A medida que yo entraba en la ciudad y el sol subía, aumentaba el trasiego de gente y de vehículos, y ejércitos de colegiales, alegres y cantarines, salían de callejuelas y portales camino de la escuela. En un puesto callejero me tomé un té. No estaba malo, aunque yo seguía prefiriendo el café. Busqué cafeterías, pero no había. Alguien me dijo que sólo encontraría café en hoteles de lujo. Desistí. Caminé por la avenida de York hasta la oficina de Correos. Me paré en el bordillo de la acera para cruzar y, como de costumbre, miré a la izquierda: nadie. Extraño, pero adelante. No había dado ni tres pasos cuando sonó a mi derecha un chirrido ensordecedor. Volví la cara y vi, a un metro de mi cuerpo, un motocarro decimonónico, cargado de gente hasta el techo, que clavaba sus ruedas en el asfalto para no atropellarme. Me asusté tanto que, instintivamente, me eché hacia atrás para esquivarlo. Pero, en mi precipitación, tropecé, tuve que levantar los brazos para no perder el equilibrio y, ¡maldita sea!, se me escapó de las manos el sobre, que aterrizó en mitad de la calzada. Lo miré aterrorizado. Dos décimas de segundo después, pasó la rueda de una moto con tres adultos encima y convirtió el sobre en un sello de correos. Oí perfectamente el *crack* de las cintas. Seco. Fatal. Premonitorio. Casi me produjo náuseas. Para completar el cuadro, los viajeros del motocarro empezaron a ponerme verde por no mirar por dónde iba y no apartarme del centro de la calle. Horrible. Tonto de mí, en ese momento no caí en la cuenta de que en Ceilán, por haber sido colonia inglesa, se circula por la izquierda. Volví a la acera y dejé pasar a aquellos locos y a un montón de coches que venían detrás tocando el claxon como posesos. Con semblante derrotado, contemplé desde el bordillo cómo sus negras ruedas se llevaban por delante los cachitos de las ex cintas.

«Resignación, amigo Salomón, que algo va mal.»

Sospeché que lo que me sucedía últimamente era signo inequívoco de que tenía el destino en mi contra. De que algún espíritu oculto me impedía progresar en mi profesión. Tal vez era el espíritu de mis antepasados, que quería que volviese cuanto antes a África y, para ello, no dudaba en sacrificar mi carrera. Ya no me libraba nadie de repetir la crónica por tercera vez.

En el primer claro de tráfico recogí el sobre: estaba hecho jirones y las cintas tenían el grosor de un *compact disc*. Acobardado y apesadumbrado, llegué a Correos e intenté llamar al periódico.

—Tres horas de demora —me contestaron.

Yo, que conocía muy bien la forma tropical de calcular el tiempo, supe que esas tres horas podían ser perfectamente seis o diez, y decidí llamar desde el barco.

Ahora, por lo menos, intentaría comprarme ropa.

Rumbo al mercado pasé por tres farmacias y acabé con todas las existencias de biodramina, infusiones y parches contra el mareo. Tenía remedio para una travesía de dos años.

El mercado de Pettah me elevó el ánimo. Era un barrio completo de tiendas y puestos callejeros con ropa oriental y occidental; joyerías improvisadas sin barrotes, guardias de seguridad ni alarmas, en las que se vendían piedras preciosas y semipreciosas de todo tipo; puestos de comida que ofrecían hojas de banano rellenas de arroz, langostas o pasteles dulzones; carritos cargados de mangos, piñas, cocos, plátanos, aguacates y papayas; chiringuitos con montañas multicolores de especias orientales... Todo lo que uno puede imaginar se encontraba en aquel laberinto de callejuelas atestadas de gente: flores, herramientas, pájaros exóticos, máscaras diablescas bellamente iluminadas y mil cosas más. También abundaban las tiendas andantes, de las que a duras penas emergía la cabecita de un hombre o una mujer que pregonaba la interminable retahíla de objetos a la venta. También vi entre la multitud santones sentados sobre tarimas en la clásica postura de loto, con el pelo trenzado hasta los pies y el cuerpo recubierto de ceniza. El olor que allí se respiraba era una pesada mezcla de incienso, *curry*, aceite refrito y sudor, y se te pegaba al cuerpo como la resina.

Pettah era un mundo aparte y, al parecer, autosuficiente. Había de todo y con un colorido que sólo los singaleses saben dar a las cosas. Yo, de piel oscura como ellos, deambulaba entre la multitud como uno más. Sólo algunos se daban cuenta de que era un turista y me ofrecían sus mercancías. Hasta bragas intentaron venderme. Pero yo me concentré en mi objetivo: camisas de dibujos y colores llamativos, pantalones de algodón, un par de bermudas, unas sandalias de cuero y unos zapatos fuertes. También compré una bolsa con *kit* de aseo personal completo. Ya de regreso al barco, adquirí un par de cuadernos grandes y varios bolígrafos porque pensaba empezar aquella misma tarde a reescribir la crónica del viaje desde nuestra salida de Madrid.

Para evitar incidentes como el del motocarro, cogí un taxi. El calor ya cercaba Colombo, que a mediodía era como una olla a presión a punto de estallar. El barco, afortunadamente, era fresquito y, tras pasar por el camarote, donde me cambié y me duché, me reuní con Nina y el capitán en el salón de cubierta.

«¡Qué elegante!», me dijeron al verme con la indumentaria recién estrenada. Di un par de giros para mostrarles el modelito y me senté a tomarme una cerveza bien fría. Les conté mi odisea para llegar a Correos y mi paseo por el mercado. Nina se moría de risa, lo cual no le venía mal después de tanto disgusto. Luego me dijo:

—Ya le he explicado al capitán el objetivo de nuestra expedición y que estamos esperando —ahora me guiñó un ojo— la llegada de los permisos pertinentes.

Yo asentí con cara seria.

—Como no es posible adelantar la salida del barco —añadió—, he hablado con un colega que Bob y yo conocimos en un congreso de paleontología y ha quedado en pasar a buscarnos dentro de un rato. Dice que quiere enseñarnos un sitio muy interesante en las montañas. Volveremos mañana a mediodía antes de zarpar. Sólo el capitán sabe dónde estaremos, así que no creo que corramos riesgos.

Lo encontré razonable, y además me apetecía la excursión.

—Un momento, que hago una llamada y preparo mi equipaje —recalqué lo de «mi equipaje» con el orgullo de un niño con zapatos nuevos.

Bajé a la sala de comunicaciones y llamé a Madrid por satélite. Fue inútil. Allí eran las 6 de la mañana, y en el periódico sólo respondía un contestador. Dejé un mensaje escueto:

—Soy Salomón Narváez, desde Colombo. Díganle a doña Adela que la crónica se retrasará un poco por problemas burocráticos. Gracias.

Y colgué.

Fui al camarote y metí en la mochila los útiles de reportero y toda mi ropa nueva. No quería quedarme con lo puesto si por algún quiebro del destino no volvíamos al barco, cosa que no me hubiera extrañado en absoluto.

Nina me esperaba en el muelle, a pie de escalerilla, junto a dos hombres.

—Te presento a Vrisnastar Kanagati —dijo—. Para los amigos Vrisna.

Le estreché la mano con la mejor de mis sonrisas. Tenía la figura del singalés típico. Delgado, alto, tez muy oscura, pelo abundante y rizado, y ancha sonrisa con dientes superblancos. Nina completó la presentación:

—Es el director del parque nacional de Gal-Oya, donde aún sobreviven los últimos veddas, los aborígenes de Ceilán.

—Así es —corroboró Vrisna mientras Nina me presentaba al otro hombre.

—Se llama Jai, y es nuestro chófer.

—Encantado —le estreché la mano, y entramos en un Chevrolet Belair rojo del 59. Una joya de la automoción muy bien conservada y por la que muchos coleccionistas europeos habrían pagado una fortuna. En cambio, en Ceilán no era un lujo: el padre de Jai se lo había comprado a un ingeniero inglés que se iba de la isla, y lo había cuidado como a un hijo. De modo que, cuando Jai lo recibió en herencia, el coche estaba igual que cuando su padre lo compró.

El motor ronroneó potente y empezamos el periplo.

Vrisna hablaba inglés con acento de Alcobendas y voz de pito.

—Desgraciadamente, para visitar el parque se necesita al menos una semana, y no tenéis tanto tiempo. Por eso he preferido llevaros a otro lugar que a Nina le gustará conocer. Es el Pico de Adán, único lugar en el mundo sagrado para budistas, musulmanes, hinduistas y cristianos. Está a unas seis horas de carretera. Después hay que ascender un trecho a pie, hasta el templo, en cuya sala central se conserva la huella de Adán. ¡Vámonos, Jai!

Salimos de Colombo hacia el Sur, siguiendo la línea del mar. Nada más dejar la capital, Ceilán empezó a mostrarnos por qué su nombre significa El Lugar Resplandeciente. El Índico, de color esmeralda intenso, parecía besar la playa cada vez que llegaba una ola. La arena blanca, fina y limpia, era como la alfombra de un palacio al aire libre, y el vaivén de los cocoteros y palmeras parecía el abanico de una reina. Una larga línea de espuma contorneaba la orilla a modo de greca. A lo largo de unos kilómetros vi una sorprendente cantidad de equilibristas.

—¿Qué hacen? —le pregunté a Vrisna, refiriéndome a unos muchachos que se movían por las copas de los cocoteros mediante cuerdas tendidas de uno a otro.

—Son los *durava,* recolectores de *toddy* —informó nuestro guía—, la savia de los brotes de cocotero, que sirve para elaborar el *arrak,* una de las bebidas nacionales de nuestro país.

Unos kilómetros más al Sur, tuve que repetir la misma pregunta, ahora referida a unos equilibristas marinos:

—¿Qué hacen ésos?

—Pescar.

—¿Pescar? —me costaba creer que unos hombres anclados en mitad de las olas, sentados sobre un tablón clavado en la punta de unas pértigas finas, endebles e incómodas, y pertrechados con unas largas cañas de bambú fuesen capaces de atrapar peces sin caerse al agua ni ser arrastrados por la marea.

Esta vez me lo explicó Jai:

—Es un método muy antiguo, pero eficaz. Y aunque parece incómodo, esos hombres pueden pasarse el día entero encima de las pértigas.

Dejamos atrás a los originales pescadores y giramos hacia el interior. Empezamos a ascender hacia el País de las Colinas. La carretera era estrecha, llena de curvas y de baches. Además, un exótico tráfico compuesto por coches en perfecto estado de desgüace, motos como la de los Picapiedra, bicicletas de museo arqueológico, carretas tiradas por bueyes y camiones de la época de Stalin atiborrados de hombres o mercancías impedía circular a más de treinta por hora. Para colmo, tuvimos que parar al lado de una pagoda para realizar los ritos que garantizan un buen viaje, y hacer una ofrenda de flores al pie de un árbol de *bo,* el más sagrado de Ceilán porque, según la tradición, su sombra cobijaba a Buda cuando se echaba la siesta. Todo un récord de lentitud. Un poco más, y el barco zarparía sin nosotros.

Luego atravesamos extensos arrozales. Los agricultores recogían los tallos de la planta del arroz con el agua hasta las rodillas o tiraban de grandes cebúes que, arrastrando un arado romano, roturaban los estanques para la siguiente cosecha. Pronto los dejamos atrás y la carretera se volvió cada vez más empinada y serpeteante hasta que, de repente, tras una colina, surgieron ante nosotros los campos de té, cuyo paisaje nos acompañaría durante el resto del viaje. Formaban una sucesión infinita de tapetes escalonados de color verde kiwi. Intenso. Brillante. Cegador. Resplandeciente. En medio de ellos, las mujeres tamiles, con los cestos a la espalda y con sus saris de todos los colores —aguamarina, mostaza, siena, mora, dorados y varios tonos de burdeos—, emergían como pequeños islotes en medio de un mar de hojas. De vez en cuando, parecían ponerse de acuerdo para cantar la misma canción, convirtiendo aquellas colinas en un inmenso coro al aire libre, lleno de alegría y vitalidad.

Nina y Vrisna, ¡cómo no!, hablaban de los veddas. Yo escuchaba.

—¿Se sabe cuándo llegaron los primeros a Ceilán? —preguntó ella.

—No se sabe con certeza. Los hallazgos arqueológicos más antiguos revelan que ya estaban aquí hace 40.000 años, pero todavía pueden aparecer cosas anteriores. Las excavaciones van despacio por falta de presupuesto.

—¿Hay algunos que conserven sus tradiciones originales?

—En los bosques de Nigala quedan unas decenas, pero son tan pocos que acabarán extinguiéndose. En el parque tengo un pequeño museo donde guardo instrumentos fabricados por ellos. No son muchos, pero sí únicos en el mundo: hachas, taparrabos de fibra vegetal, lanzas, esculturas en madera y poco más.

Yo estaba ya tan saturado de hombres primitivos que desconecté la antena y me dediqué a disfrutar del paisaje. Entre los campos crecían acacias, palmeras datileras y frondosos bananeros que daban sombra a las mujeres. La tarde caía y el verde de los campos se teñía de oscuro. Las recolectoras salían al borde de la carretera, donde camiones, coches, motos y carretas las recogían para llevarlas a sus poblados. Muchas caminaban en grupos, y sus hijos pequeños revoloteaban alrededor, persiguiéndose unos a otros y cruzando la carretera sin mirar. A veces se arremolinaban al lado de nuestra ventanilla para vendernos cucuruchos con hojas de té o collares de orquídeas. Compramos algunos. Jai tenía que parar cada cien metros y gritar para que la gente se apartase. Las trabajadoras, sin dejar de hablar y sonreír, llamaban a los niños, nos dejaban pasar y nos saludaban con cariño. Yo respondía a todos los saludos y hacía fotos.

Llegamos a Maskeliya, un pueblo pequeño plantado en mitad de un vergel, desde el que partía la senda hacia el pico. Jai se quedó en el coche y nosotros iniciamos la ascensión. Al principio, el camino era adoquinado, ancho y de suave pendiente. Sobre nuestras cabezas revoloteaban pájaros de múltiples formas y colores: loros, garcetas, pinzones y cuervos graznaban, trinaban, gorjeaban y silbaban. A mitad de la ascensión se hizo de noche. Fue como en mi tierra. No hubo atardecer. La noche se desplomó sobre nuestras cabezas como si alguien soltase de golpe un telón de estrellas. En España, los atardeceres son largos y relajantes. En el trópico no existen. Noche y día. Día y noche. Sin más. Nunca entenderé los caprichos de Gaia.

Unas lamparillas eléctricas situadas en pequeñas hornacinas a ambos lados del camino iluminaron de repente la senda. Al cabo de un tiempo, ya bastante cansados, llegamos a la explanada, llena de puestos de comida y de ofrendas, donde se reunían los peregrinos. Comimos un bol de *byryani* —muy parecido al *shambol,* pero más picante todavía—, y tuve que beberme el agua de dos cocos y un zumo de mangostán para aplacar mi garganta.

De pronto sonó en la cima de la montaña el tañido de una campana.

—Es la campana de Adán. Toca para guiar a los caminantes hasta la cima —aclaró Vrisna.

Nos pusimos de nuevo en marcha.

Una escalera estrecha y empinada conducía desde allí al templo. Durante la ascensión, para cumplir con la tradición arrojamos una aguja al vacío en el lugar en que Buda remendó su túnica, nos cubrimos la cabeza con un pañuelo blanco y no preguntamos cuánto faltaba para la cumbre, a la que por cierto llegamos con las piernas de mantequilla y el corazón a cien.

En la cima se alzaba un pequeño monasterio compuesto de varios edificios escalonados, a los que se accedía por un patio central. Lo cruzamos en silencio y nos dirigimos a la construcción del fondo. Entramos en una sala cuadrada, llena de ofrendas de alimentos y flores, que olía a incienso y estaba iluminada por cientos de velas. Tenía ventanas con celosías de madera labrada, rodillos con sutras budistas y el techo decorado con pan de oro y versos del Corán. En el centro, dentro de una pequeña oquedad del suelo rodeada por una lámina de plata con forma de estrella, estaba plasmada la pisada de un hombre. O de un niño, porque era muy pequeña. Ante ella, los peregrinos, postrados o en pie, entonaban salmos, hacían reverencias o rezaban golpeándose el pecho con la palma de la mano. Vrisna nos susurró:

—Dicen que es la huella de Adán. El lugar es sagrado para las cuatro religiones más importantes del mundo. Los budistas aseguran que es la huella de Buda; los hindúes creen que es la de Shiva; los musulmanes afirman que aquí puso Adán por primera vez el pie sobre la Tierra, y los cristianos pretenden que se trata de la huella de santo Tomás.

El lugar debía de tener algo de sagrado, pues allí se respiraba un aire de misticismo. Y por la iluminación, los murmullos, el tañido constante de la campana y el halo misterioso que envolvía todo, sentí un escalofrío que me puso carne de gallina. Mientras estuvimos ante la huella, Nina la examinó a fondo, me imagino que por deformación profesional. Creo que pensaba en su Adán, el de la cueva, y que aquélla era la huella de algún nieto suyo.

Salimos para volver al coche. Vrisna nos explicó que la tradición es pasar allí la noche y contemplar el amanecer, el mismo amanecer que vio Adán en los albores de la humanidad.

—Pero nosotros no tenemos tiempo —añadió.

Tomamos un té con una especie de churros en el patio del monasterio y empezamos el descenso, que nos cansó más que la subida. Los últimos escalones y el camino adoquinado los hicimos en fila y agarrados de la mano para sujetarnos cada vez que nos fallaban los gemelos.

Cuando llegamos abajo, Jai dormía a pierna suelta en el coche, junto a un quiosco hecho de paja y madera. Y en aquel puesto de bebidas perdido en mitad de la selva de Ceilán encontré... café. El humeante, sabroso, delicioso y celestial café de Colombia. El imprevisible destino había querido llevar un paquete de café a un rincón de las montañas de Ceilán para que yo pudiese beberme una buena taza. O dos. Di las gracias al destino e ingerí uno bien cargado, que me supo a gloria. Cuando me dirigía hacia el coche, con los demás subidos y el motor en marcha, me entraron unas ganas terribles de sentir otra vez el placer del sabroso líquido corriendo por mi garganta. Así que me di la vuelta después de gritar:

—¡Esperadme un momento! Creo que tomaré otro café...

Y así lo hice. Me supo mejor que el primero y ahora sí emprendimos el regreso a Colombo, yo delante, al lado de Jai, y Nina y Vrisna detrás. Un amanecer rosa nos atrapó en mitad de los campos de té. Y a medida que subía el sol, el color de los campos se iba transformando de verde botella en verde kiwi a través de multitud de tonos: bosque, oliva, alga y manzana. Las plantaciones estaban todavía desiertas. Apenas un par de figuras humanas flotaban entre los arbustos, dispuestas a comenzar la faena.

Nina y Vrisna dormitaban. Yo no, porque mi cuerpo rebosaba café.

A la salida de una curva le advertí a Jai que un camión cargado de cestos de hojas salía por un sendero. Jai lo esquivó y seguimos ruta, pero un poco más abajo dio un grito que nos sobresaltó a todos:

—¡Pero qué hace ese loco!

Los tres volvimos la cabeza y vimos cómo el morro del camión se lanzaba a toda velocidad contra la trasera de nuestro coche. El golpe fue tremendo. Nos destrozó las luces de posición y el parachoques e hizo que el coche fuese sin control de un arcén a otro. Por suerte, Jai consiguió mantenerlo dentro de la carretera. Pero estábamos en una zona de terraplenes y barrancos y, entre la arenilla y los baches, Jai no podía correr sin riesgo de derrapar.

—¿Qué busca este hombre? —exclamó Vrisna mientras le hacía señas de que se alejase.

Nina y yo nos miramos: los dos conocíamos la respuesta. Un poco más adelante, el camionero volvió a atacar. Esta vez Jai, que no le perdía de vista por el retrovisor, aceleró en el momento que se abalanzaba sobre nosotros, y evitó el golpe por los pelos. La velocidad de los dos vehículos era ahora muy alta, y estaba claro que si el camión nos daba de lleno, no lo contaríamos. Había que hacer algo, y no me lo pensé dos veces.

—Dejadme sitio —les dije a los de atrás mientras me cambiaba de asiento. Cogí la cámara fotográfica, bajé la ventanilla derecha y saqué medio cuerpo fuera.

—¡Sujetadme las piernas! —grité a Vrisna y Nina. Sentí que unas manos fuertes me agarraban los tobillos y esperé a que el camión estuviera a unos dos metros del Chevrolet. Entonces agarré la cámara, apunté... y la lancé con todas mis fuerzas contra el parabrisas.

Mala suerte. En el instante del lanzamiento, Jai pisó un bache, el brazo se me movió, y mi cámara, con el carrete de la excursión dentro, fue a estrellarse contra la rejilla del radiador. La vi caer en el asfalto y hacerse una loncha bajo la rueda delantera izquierda.

Fallé, pero el amago hizo que el conductor desacelerase y se separase unos metros de nosotros. Así pude utilizar mi segundo y último proyectil: la grabadora. Se la pedí a Nina, y ella me la puso en la mano izquierda. Con la derecha me aferraba al techo como si fuese la telaraña de la que dependía mi vida. Mantuve el Sony escondido por lo del factor sorpresa. La tercera tentativa de asalto del camionero, rabioso por mi intento de apedrearle, fue la peor. Nos atacó como un energúmeno, dispuesto a acabar su trabajo a toda costa. Esta vez no podía permitirme el lujo de fallar, y tuve que echarle agallas. Esperé sereno hasta que tuve el camión a medio metro. A esas alturas, el Chevrolet parecía un caballo desbocado en una competición de saltos, y yo, un yóquey medio borracho. Pero aguanté el tipo e incluso tuve tiempo para ver bien la cara del conductor: piel blanca, pelo rubio largo y mirada de loco. Cuando casi lo tenía al alcance de la mano, saqué la grabadora, apunté con serenidad y, con toda mi rabia, se la tiré a los ojos.

¡Bingo!

El cristal se hizo astillas, el conductor pegó un frenazo de órdago, las ruedas derraparon, y perdió el control.

Yo, que vi el resultado de mi volea, volví a mi asiento casi temblando.

—¡Jai, acelera! Por lo que más quieras.

No hacía falta decírselo: iba a tope. Nosotros vimos por el cristal de atrás cómo el camión daba tres bandazos, se inclinaba, se salía de la carretera, rodaba por un terraplén y se metía en un campo de té, donde dio tres vueltas de campana entre una lluvia de hojas, ramas y cestas.

—Uff. Nos hemos librado por poco... ¡Jai, no pares hasta el barco! —grité.

Nina y yo nos quedamos mudos, mientras que Vrisna no cesaba de preguntarse por el motivo del incidente y amenazaba con dar parte en la primera comisaría que encontrásemos.

Nosotros lo tranquilizamos y le quitamos importancia al asunto.

—Será un borracho —le sugirió Nina—, o un integrista que detesta el turismo. Es mejor olvidarlo. Si lo denuncias nos retendrán hasta que se aclare todo, y nuestro viaje no puede retrasarse.

Al final, Vrisna optó por correr un tupido velo y continuamos camino, en silencio. Volvimos a atravesar los arrozales, la costa y Colombo, y llegamos al barco a mediodía. Nos despedimos de nuestro anfitrión y de Jai agradeciéndoles el soberbio paseo.

El capitán se alegró al vernos. Nosotros le saludamos efusivamente, pero no le dijimos nada sobre el incidente.

—Todo listo —anunció feliz Green—. Zarparemos a la caída del sol. Por cierto, Salomón, han traído un paquete para ti.

—¡Muy bien! —respondí. Pero de pronto dudé si sería el envío de mi periódico o un paquete bomba preparado por el enemigo. La solución, en el camarote. Hacia él me fui para, de paso, dejar el equipaje. Sobre la cama había una caja envuelta en papel de estraza. La abrí con precaución y respiré tranquilo: se trataba de la cámara y la grabadora. El tercer equipo de trabajo en menos de una semana.

Después, bajo el refrescante chorro de la ducha, pensé que era verdad lo que decía Giselle: venían por nosotros en serio. Estaba vistiéndome cuando el sonido de la sirena y el movimiento del barco anunciaron la partida. Salí a cubierta, todavía abrochándome la camisa, para contemplar cómo se alejaba Ceilán. Maravillosa y peligrosa. Cautivadora y mortal. Me gustaba haberla conocido, pero más salir de ella.

«Por fin nos vamos», pensé. Por primera vez en mi vida me alegraba estar rodeado de agua y encaminarme a una isla desierta.

En cubierta me estaba esperando Nina.

—Me pregunto si no habrá sido Green quien ha dado el soplo. Sólo él sabía que íbamos al Pico de Adán.

La cogí del brazo y la llevé a estribor. Desde allí le señalé unos cuantos sampanes y barquichuelas que navegaban por el puerto, no lejos del barco.

De allí la llevé a babor y le mostré cuadrillas de obreros, motocarros y camionetas que pululaban por los muelles, ya lejanos.

—Cualquiera de ellos —le dije— nos puede estar vigilando sin que nosotros lo notemos. Sinceramente, Nina, no creo que Green esté metido en ese embrollo. Pero es obvio que nos tienen vigilados. Por eso, tenemos que andar con pies de plomo. Esta gente está más organizada que la mafia. No te fíes ni de tu sombra. Pueden estar en este mismo barco.

Nina me dio la razón.

Para olvidarnos un poco de las amenazas y celebrar la partida, nos fuimos a cenar. Chile había hecho en nuestro honor una paella de marisco que estaba como para chuparse los dedos, y yo me tomé dos platos. Tras el postre, me fui a la cama. Estaba rendido y exhausto por la excursión, el ataque y la intriga del viaje.

CUANDO me desperté, el sol estaba en el cenit. Subí al puente y sólo vi mar a nuestro alrededor. Ni rastro de Ceilán ni de tierra alguna. Antes de desayunar volví al camarote a tomarme una biodramina pues, hasta que el cuerpo y la mente se acostumbrasen al balanceo del barco, tenía que seguir un tratamiento intensivo antimareo.

Durante la primera semana de travesía, la cubierta de popa fue mi hogar marinero. El segundo día, nada más atravesar el ecuador, le pregunté a Olivier si podía prestarme un ordenador portátil.

—*No problem.* Tengo tres —me respondió, y al rato vino a verme con un precioso Olivetti de pantalla polícroma. Estuve un par de horas dando vueltas por el barco para descubrir dónde me sentiría más cómodo para volver a escribir la maldita crónica del viaje. Y digo maldita, no porque me disgustase o aburriese, sino porque un maléfico *yuyu* parecía impedirle siempre llegar a su destino.

Elegí un rincón recogido de la cubierta de popa, entre la pared posterior del comedor y un arcón de salvamento. Llevé allí un sillón y una mesa de la biblioteca, los coloqué mirando al mar y, sin más dilación, comencé a redactar todo lo sucedido desde nuestra salida de Madrid. Cuanto antes lo terminase, antes podría enviarlo al periódico y cumplir los compromisos contraídos con doña Adela.

Todas las mañanas, tras enfundarme una camiseta y unas bermudas limpitas, salía a cubierta para comprobar el estado de la mar y, dependiendo de lo que viera, y del parte meteorológico, me tomaba una biodramina o dos. Ni un solo mareo. Un día en que el parte anunció marejadilla, además de las pastillas, me pegué un parche antimareo en la nuca. E hice bien porque, durante jornada y media, el barco se balanceó más que el caballito de un tiovivo, y tuve que meterme dentro porque, desde mi privilegiado lugar de escriba, veía cómo el mar aparecía y desaparecía, y los mecanismos de mi oído interno empezaron a resentirse.

Pasé tanto tiempo en cubierta escribiendo que terminé por hacerme amigo de delfines y no vi otro paisaje que la fina línea curva del horizonte, que dividía el mundo en dos azules: el ultramar del océano y el añil del cielo.

Nina pasaba mucho tiempo en el laboratorio de biología, preparando el instrumental para analizar, datar y guardar los huesos, armas, adornos y rocas que esperaba encontrar en la cueva. A veces, la veía pasear pensativa y con semblante triste por la cubierta. Sus cabellos al viento parecían los fuegos fatuos, la llama de san Telmo que persigue a los barcos. Parecía abstraída y ausente, sin duda por el recuerdo de su marido y de su Adán en peligro. En ocasiones me acercaba y hablábamos de África, del Cantábrico, de la importancia de hallar los huesos. Pero la conversación siempre desembocaba en Bob, y yo le repetía una y otra vez que tenía el presentimiento de que estábamos acercándonos a él a unos 12 nudos por hora. Y me apostaba una cena para tres a que le encontraríamos pronto.

Según navegábamos hacia el Sur, la primavera que habíamos dejado en Europa se transformaba en otoño austral, aunque las noches seguían siendo templadas y agradables. Un día me quedé hasta tarde escribiendo a la luz de una lamparita que saqué de la biblioteca. Cuando terminé, me di cuenta de que la noche era cálida y luminosa, así que fui al camarote, cogí la almohada, sábanas y una manta y dormí en cubierta. Desde ese día no volví a dormir en mi camarote. Me preparé un refugio con lonas dobladas y maromas enrolladas para protegerme del aire y de las lluvias de peces voladores que a veces caían sobre cubierta. Cuando se apagaban las luces del barco, se encendían las estrellas. Las noches eran tan claras y brillantes como las de mi pueblo, y yo me dedicaba a buscar constelaciones conocidas. Evidentemente, era mucho más bonito dormir allí que encerrado entre cuatro paredes.

A la semana de travesía nos llegó la comunicación de los *cibernautas* del periódico. Fue como un retorno a la realidad. A la cruda realidad que nos conducía hacia la isla: el rapto de Bob, los palos, el registro de la barcaza, el camión de té... El mensaje decía:

Madrid. España. 34-1 N.° de páginas: 1
Transmisión O.K.

SALUDOS A LOS INTRÉPIDOS NAVEGANTES DE LA MAR OCÉANA

Nuevas informaciones acerca de la misteriosa (y siniestra) organización Rec-atom: La empresa posee un avión privado que utiliza para los desplazamientos de sus ejecutivos. Hemos rastreado sus vuelos recientes, y hace diez días voló a... Durban, Suráfrica, la ciudad que nos habías dicho que investigásemos. ¿Casualidad? De momento sigue allí. Si detectamos algún movimiento nuevo, os lo comunicaremos.

Otro asunto: Tras arduos esfuerzos y rocambolescos viajes por el *ciberespacio,* hemos penetrado en la contabilidad de Rec-atom y hay cosas no muy claras. Ayudados por nuestro experto en ingeniería financiera, hemos averiguado que esta empresa hace pagos regulares, a través de un banco de Gibraltar, a ciertas personas que supervisan el reciclaje, transporte y almacenamiento de materiales radiactivos... No sabemos más, pero como somos incansables, seguimos investigando... Tendréis noticias nuestras. Mientras, navegamos como vosotros, pero a través de la fibra óptica. Ya nos leeremos.

Ciberpepe y Surferjuán

P.D.— Salomón: Doña Adela está que trina por tu falta de seriedad. Mándale algo, aunque sea una postal. Suerte.

Nina y yo lo leímos en mi lugar de trabajo y ella se sintió más segura y relajada.

—A lo mejor es cierto tu presentimiento de que voy a encontrar a mi marido en la isla. Estoy impaciente por poner el pie allí. Menos mal que ya queda poco: me ha dicho el capitán que avistaremos la isla mañana o pasado, según sean las corrientes.

No tuvimos que esperar mucho. Al atardecer del día siguiente, un poco antes de que yo acabase una completísima crónica del viaje, el capitán nos comunicó en el bar la mejor noticia de toda la travesía:

—Mañana, de madrugada, fondearemos en la bahía de la Salvación. ¡Brindemos por ello!

Alzamos nuestros vasos y entonamos un hip, hip, hurra, típicamente inglés.

Yo le dije a Olivier, que celebraba la llegada con nosotros:

—Cuando desembarquemos, te daré el disquete para que lo envíes al periódico por satélite. ¿De acuerdo?

—De acuerdo —me respondió.

—Es hora de prepararlo todo —dijo Nina, tras dejar su vaso sobre la mesa. Y saliendo a cubierta, añadió—: Tengo que contarte un secreto. Vamos a tu camarote.

Yo imaginé que me iba a revelar el misterioso escondite del mapa de la cueva. Durante el viaje, me había preguntado una y otra vez dónde lo llevaría escondido. Aquella tarde, Nina volvió a sorprenderme con uno de sus imprevisibles recursos.

—Lo has llevado tú desde que salimos de Madrid —me dijo.

Me quedé mudo. «¿Yo? ¿Dónde?», pensé.

Ella me leyó el pensamiento y apenas entramos en el camarote fue a la mesa donde yo tenía los libros que me había dado en Madrid.

Cogió uno de ellos, *La historia de la navegación,* lo abrió y dio un par de golpecitos con los nudillos en la guarda de la tapa de atrás. Con la punta de la uña despegó con sumo cuidado una esquinita de la cartulina. Cuando la tuvo levantada, tiró despacio hasta que apareció un rebaje rectangular hecho en la tapa. De él extrajo con la uña unos papeles aplastados y cuidadosamente doblados.

—Aquí están: el plano de la isla, el de la cueva y el del enterramiento. Los tres juntos forman un secreto bien guardado.

—Pero... ¿por qué yo? —pregunté.

—Porque si alguien anda detrás de los planos, sospechará que los llevo yo. De ti es más difícil que sospechen, dado que vienes en misión periodística. Además, yo esperaba que, como no sabías que los llevabas, te comportarías con naturalidad. Eras el correo perfecto. De todas formas, perdón por mi atrevimiento.

—Perdonada.

—Ahora, ya que has sido el transportista, échales una ojeada. Serás la cuarta persona que los vea. Yo los he estudiado tanto que me los sé de memoria. De todos modos, he preferido traerlos por si... —no terminó la frase, pero yo conocía el final.

Extendió los tres planos sobre la mesa.

—Éste es el de la isla, dibujado por el cartógrafo holandés. A pesar de su antigüedad, se parece bastante al de las cartas de navegación que usa el capitán. El recuadro de abajo, con las coordenadas y la escala a lápiz, lo añadimos nosotros. El resto es original. Los nombres de los lugares están escritos en latín y son los que les dio el Almirante Brouwer hace cuatrocientos años —su dedo se deslizaba por el mapa. Señaló un punto en el Sur—: Aquí, en la bahía de la Salvación, atracó el *Dutch Tulip* y ahí mismo fondearemos nosotros. En esta playa instalaremos el campamento base —yo miraba atento—. Desde la costa hasta el bosque iremos a pie. Como no habrá caminos ni sendas, tendremos que abrirlos nosotros. En línea recta debe de haber unos quince kilómetros y, si todo va bien, tardaremos cuatro o cinco horas en llegar. Una vez allí, tendremos que localizar el barranco de Eva, en el que está la entrada de la cueva...

A continuación, puso un plano encima del mapa de la isla y me explicó:

—Éste es el corte transversal de la cueva. Hay que cruzar esta sala, pasar por esta galería y llegar hasta la bóveda final, la cámara mortuoria. Aquí.

—Ahora, lo más importante: las tumbas —me mostró otro plano. El pergamino estaba amarilleado por el tiempo, y los dibujos habían sido trazados con plumilla de escribano antiguo—. ¿Ves? Si los informes de Van der Neis son correctos, al entrar en la bóveda, encontraremos a la izquierda esta especie de meseta baja y, en ella, lo que buscamos y por lo que hemos arriesgado la vida. Esperemos que siga allí.

Yo miraba los dibujos completamente absorto. Contemplaba los huesos y objetos semienterrados con la mente en blanco y con expresión de bobo redomado. Todavía me costaba creer que estábamos a punto de llevar a cabo uno de los descubrimientos más importantes sobre el origen de nuestra especie. Nina me sacó del atontamiento, recogió los planos, los guardó en el bolso y me dijo:

—Ahora vamos al garaje. Tenemos que cargar en la *zodiac* grande el material indispensable para instalar el campamento base.

Sin decirme nada, ella había estado preparando durante los últimos días parte del equipo que necesitaríamos en tierra.

De camino nos encontramos con Dikembe, que se prestó gustoso a echarnos una mano. A medida que Nina nombraba las cosas, Dikembe y yo las localizábamos, hacíamos la última revisión, las metíamos en bolsas impermeables y las colocábamos en la *zodiac* de manera que el peso estuviese bien equilibrado.

Diez garrafas de agua de veinticinco litros, dos cajas de arroz, frascos de legumbres, café, té, leche en polvo, chocolate en barra, comida liofilizada y cacharros de cocina. Cuatro chalecos salvavidas. Un equipo de transmisión móvil con miniantena parabólica. Cincuenta metros de cuerda de escalar. Una piqueta, tres palas y dos pares de prismáticos. Cuatro linternas. Una pistola lanzaseñales. Dos cámaras de fotos. Tres tiendas de campaña y cinco sacos de dormir.

Cuando terminamos, el día tocaba a su fin. Nina dijo:

—Creo que esto será suficiente para el primer desembarco. Otro día llevaremos más cosas. Ahora vámonos a dormir, que mañana empieza la gran aventura.

Después de picar algo en el comedor, ella se fue a su camarote, y yo a la cubierta de popa, donde tenía mi nido. Me acosté feliz, pensando que, al día siguiente, doña Adela recibiría una de las mejores crónicas de su vida. Además, yo iba a poder prescindir, por fin, de las malditas pastillas, que ya me tenían medio embotado el cerebro y me daban asco.

Empezaba a dormirme cuando oí pisadas sobre la madera. Rápidas y sigilosas. No les hice caso: pensé que alguien estaría paseando o haciendo *footing* por cubierta. Pero a esas pisadas siguieron otras y después otras. Todas del mismo tipo. Eso ya me extrañó más. Levanté la cabeza para echar una ojeada por encima del arcón y me quedé sin aliento: dos encapuchados silenciosos salían del mar, se encaramaban a la barandilla, saltaban sobre la cubierta y se dirigían hacia la proa, cada uno por un costado del barco. Después otros dos, y luego dos más.

«Dios mío. Atlantes. Hombres anfibios que salen del fondo del mar para atacarnos», me dije. Pero no: los hombres anfibios no van provistos de chalecos antibalas, pasamontañas, botas de mercenario y pistolas ametralladoras.

«Hay que ver cómo protegen la isla los de Le Club Paradis», fue otra de mis conjeturas cuando ya estaba seguro de que una brigada de asalto estaba abordando el barco.

Contuve la respiración y volví a tumbarme como congelado. Oí a las tres parejas de asaltantes pasar al lado de mi escondite y perderse entre las sombras. No tardé en conocer sus intenciones: a los pocos minutos se oyó en el otro lado del buque la primera de las tres ráfagas de ametralladora que rompieron el embrujo de aquella noche.

Yo lo vi claro:

«Imposible hacerles frente. Tengo que esconderme, y rápido.» Sin mover el cuerpo y levantando sólo la cabeza, miré a mi alrededor. ¿Dentro del arcón? ¿En la lancha de salvamento? ¿Donde estoy? Imposible. En cualquiera de los tres sitios me encontrarían inmediatamente. «Y si me tiro al mar, corro el riesgo de estrellarme contra la lancha de los invasores.»

Empezaba a desesperarme cuando me fijé en una tobera de aire que sobresalía en la cubierta como una pequeña chimenea combada.

Era mi única salida y, sin pensar más, me levanté despacio, escondí las mantas debajo de la maroma, cogí mi ropa y me deslicé cual leopardo hasta la tobera. Nadie a la vista. Me alcé a pulso, metí por el agujero los pies, las piernas, el tronco y la cabeza, y me dejé caer tubo abajo sin saber dónde ni cómo terminaba aquel estrecho y cerrado tobogán. Bajé como una bala. Las paredes interiores eran tan lisas como el culito de un niño, y no había modo de frenar. El descenso fue interminable y me hice daño en los tobillos al chocar contra el fondo. Casi se me escapa un ¡ayyyy! de dolor, pero logré contenerme y quedarme quieto. Nadie me había oído. Perfecto. Mi cuerpo seguía aprisionado en las paredes de la tobera, pero mis piernas se hallaban en un espacio más amplio. Me agaché y me vi dentro de un cubo. Pequeño. Demasiado pequeño para un tiarrón como yo, pero al menos estaba a salvo. A la altura de los pies vi una rejilla rectangular. Me contorsioné como pude y, cuando mis ojos se acostumbraron a la penumbra, distinguí al otro lado de la rejilla la *zodiac* que habíamos estado cargando un rato antes. «Un respiradero del garaje. Menos mal que no he caído dentro de una turbina», me dije aliviado. Y como el escondite no me pareció malo, decidí quedarme allí, sentado en la única postura posible: con las piernas entre los brazos y la barbilla sobre las rodillas.

Al rato me di cuenta de que iba en calzoncillos y casi me eché a llorar. «Noooo. Otra vez nooooo», me dije rememorando los días que había pasado sin poder cambiarme de ropa.

Poco después, se iluminó de pronto el garaje. Instintivamente, encogí los pies y ni pestañeé. Por los ruidos y las voces, advertí que los asaltantes estaban registrando el barco. Tiraban fardos al suelo, movían cosas, abrían armarios y se decían: «*Cherchez-lui. Trouvez-lui! Il doit être quelque part!*».

Francés. Era francés. O el ejército, cosa que me pareció harto extraña, o una banda de piratas. Aquello se ponía mal. Yo, mientras tanto, más quieto que un camaleón mirando una libélula.

Cuando terminaron el registro se apagaron las luces y volvió la tranquilidad, pero yo no me moví, por si era una estratagema. Después, preparé mi cuerpo y mi mente para pasar en esa incómoda postura la larga y tortuosa noche que se avecinaba. Pero, enseguida, el inquietante silencio fue interrumpido por una voz que sonó a través de la megafonía:

—A toda la tripulación del *Explorer III.* Habla el capitán Green. Estad atentos al mensaje y cumplid las órdenes sin vacilar. Hemos sido abordados por unos mercenarios que se han hecho con el control del barco. Tienen a cuatro de los nuestros como rehenes en el puesto de mando. Ahora nos dirigimos a la isla. Cualquier movimiento sospechoso o intento de fuga lo pagarán los rehenes. Por tanto, nadie debe actuar por propia iniciativa. Permaneced en vuestros camarotes, respetad las exigencias de los captores y estad atentos a mis mensajes. Cuando lleguemos a Nueva Amsterdam daré nuevas instrucciones. Hasta entonces, cumplid lo que estos piraaaat...

El altavoz calló de repente. Al que estaba con el capitán no debía de haberle gustado que le llamaran pirata.

Ahora sabía cuál era mi situación. Habló mi espíritu:

«Eres la única persona libre del barco. No intentes rebelarte en actitud de héroe: durarías tres segundos. La única solución es que intentes escapar cuando estés cerca de tierra y vayas en busca de ayuda. ¿Cómo? No lo sé. ¿Por dónde? Ya verás. *Insha Alláh.*»

Al rato, los asaltantes regresaron al garaje para un segundo registro.

Esta vez vi las botas de uno de ellos a metro y medio de mi nariz; por suerte, no reparó en la rejilla. Yo, dentro, me movía menos que una estatua de Botero. Volvieron a irse.

Un par de horas más tarde, yo tenía la sensación de que un ejército de hormigas brontosaurio me estaba devorando las entrañas. En la medida de lo posible movía los pies, las manos, los dedos y el cuello. Pero el espacio era tan pequeño que las articulaciones se me vitrificaban poco a poco.

De repente oí que el ancla resbalaba hacia el fondo del mar, y el ronroneo de los motores cesó por completo. Supuse que habíamos atracado en la bahía, y así debía de ser, pues al rato se encendieron las luces del garaje, que empezó a llenarse de gente. Entre las voces, reconocí la de Nina:

—¡No sé que haya aquí ningún periodista! Yo he venido sola en busca de mi marido. ¿Qué le habéis hecho, cerdos? ¡No empujes, casposo de mierda, que sé caminar sola!

«Caramba, qué vocabulario cuando se enfada», pensé.

Una voz masculina, que debía de ser del jefe, ordenó bajar la rampa de popa, y se oyó un ruido enorme. Después hablaron a través de un *walkie-talkie.*

—¡Aproximad la lancha! —mandó el jefe.

Se oyó la llegada de una embarcación, y alguien dijo:

—Arriba todos.

Escuché cómo saltaban todos a la lancha y esperé impaciente a que el ruido del motor dejara de oírse. La rampa seguía bajada. Cuando calculé que ya estaban lejos, asomé otra vez la cara por la rejilla: nadie a la vista. Ahora o nunca. Si no me escapaba ahora, quién sabe cuándo tendría la próxima oportunidad. Así que aspiré aire tres veces, concentré todas mis fuerzas en las rodillas para romper el entumecimiento y golpeé la rejilla con el pie hasta arrancarla de los soportes.

Vía libre hacia la libertad.

Salí por el agujero en paños menores. Cuando me levanté, me dolían los riñones y todas las articulaciones. Hice unos ejercicios de estiramiento y, en cuanto me sentí un poco mejor, busqué el material necesario para fugarme. Mi primera idea fue coger el coche y salir disparado. Pero ¿y si no era anfibio? Me ahogaría. Opté por la fuga a cuerpo descubierto. Cogí un salvavidas con forma de anillo que llevaba el nombre del barco en el corcho. Después fui a la *zodiac* que habíamos cargado y saqué un macuto impermeable y un chaleco salvavidas. Me ajusté el chaleco y eché en el macuto la pistola lanzaseñales, dos linternas, unos prismáticos, unas tabletas de chocolate y un maletín de trasmisiones de campaña.

Añadí mis bermudas y la camiseta, que en ningún momento había soltado de la mano por miedo a perderlas y tener que fugarme en tanga, repasé rápidamente mi equipaje y...

«Ahora al agua, sin saber dónde ni a qué distancia está la costa. Y sin nadar bien».

Yo sabía que, por un extraño capricho, los huesos de los negros pesan más que los del resto de la humanidad, razón por la cual siempre he sido bastante torpe en el agua.

«Otro enigma de nuestra especie», pensé, y decidí comentárselo algún día a Nina.

Agachado, caminé hacia la rampa. Miré al exterior: tranquilo. Miré hacia la isla: negrura. Vi a lo lejos, recortada sobre el cielo estrellado, la silueta oscura del volcán y, a mi alrededor, lo que parecía ser la línea de costa: la bahía de la Salvación. Esperé que hiciese honor a su nombre y me salvase.

«Ahí voy».

Dejé el flotador en el agua y puse el macuto, bien cerrado y atado, en el hueco central. Después me senté en la rampa y me deslicé al agua. Durante los primeros metros, para no hacer ruido, empujé el flotador con las manos y nadé con los pies debajo del agua. Cuando calculé que el barco estaba ya lo bastante lejos como para que no se oyeran los chapoteos, apoyé la cara y los brazos en el salvavidas y empecé a nadar con las piernas, estilo rana. Así avancé un buen trecho. Cuando sentí que los músculos de mis muslos no daban más de sí, me coloqué el flotador bajo el vientre y nadé con los brazos como un perrito.

No mirar hacia atrás. Nadar y alejarme. Nadar. Nadar.

El agua estaba fresquita, pero no había oleaje. Aunque no sabía cuánto tardaría en alcanzar la costa, no caí en la trampa de nadar deprisa. Mantuve un ritmo bajo pero constante y, cuando al fin me decidí a volver la cabeza, vi a lo lejos el perfil oscuro del barco y ningún signo de que mi fuga hubiera sido descubierta.

De vez en cuando miraba a mi izquierda para ver si la silueta del volcán estaba más cerca. Pero siempre parecía estar a la misma distancia. Yo temía que alguna corriente contraria me desviase hacia alta mar. Así que mi travesía nocturna no fue muy placentera. Más de una vez cruzó por mi mente el lúgubre pensamiento de morir ahogado o perdido en mitad del océano. Pero, en uno mis intentos de hacer pie, toqué el fondo. Entonces me fijé bien y vi la línea de la playa muy cerca. En buena hora, porque el amanecer me sorprendió en los últimos metros y tuve que esprintar para que nadie detectase mi oscuro cuerpo saliendo del mar. Llegué hecho polvo, pero llegué.

La playa era estrecha, volcánica y de piedrecillas negras. Aprovechando el camuflaje de mi piel, me tumbé para recuperar el resuello tras el esfuerzo realizado. Me entraron ganas de dar una cabezadita, pero descubrí que no tenía sueño: entre las pastillas, la monotonía y el balanceo del barco, había dormido tanto en los últimos días que podía pasar despierto una buena temporada. Además, en esos momentos salió el sol por detrás de mi cabeza, y ya había demasiada claridad para quedarme quieto y al descubierto. Deduje que el Este se hallaba a la derecha de mi posición. Me quité el improvisado bañador y me puse las bermudas. Me eché el macuto al hombro y me levanté sin dejar de mirar a mi alrededor. Nadie. Con andares encorvados, en diez o doce zancadas salí de la playa y llegué a la línea de la vegetación. Entonces oí un ruido metálico en el mar. Sobresaltado, me di la vuelta y, oculto entre la hierba, pude ver que era el ruido que producían la rampa de popa, al cerrarse, y el ancla, al subir a la cubierta. También vi el burbujeo de las hélices al ponerse en marcha.

Aquello sólo podía significar una cosa: ¡se iban! Se iban y me dejaban como Robinson Crusoe, pero en mitad del Índico y rodeado de mercenarios. No le deseé a nadie la papeleta que tenía delante.

En cuanto el ancla estuvo arriba y la popa cerrada, el *Explorer* dio la vuelta y enfiló hacia la bocana de la bahía.

«¿Adónde irán?», pensé con pena. Una de mis pocas posibilidades de escapar se alejaba mar adentro. Cada vez me sentía más indefenso y desvalido. Pero como no quería dejarme llevar por el desánimo, di media vuelta y continué mi camino. Escondí el salvavidas detrás de una roca y me dirigí hacia el centro de la isla. El terreno que pisaba era mullido, cosa que mis pies descalzos agradecieron. Delante de mí había una suave pendiente sin árboles, poblada de una hierba fina, seca y de tono pajizo que me llegaba a la cintura. Tal como había previsto Nina, no había senderos ni nada parecido, y yo, para no dejar un rastro evidente, andaba con pasos altos y largos, mirando dónde ponía el pie y abriendo trocha con las manos. El tapiz de hierba se volvía a cerrar a mi espalda, como el bíblico mar Rojo, ahora amarillento. Tomé como referencia el cráter del volcán, que se alzaba delante de mí hacia la izquierda, y procuré ir hacia él en línea recta. El sol calentaba cada vez más, pero una fresca brisa cruzaba los campos de Oeste a Este trayendo el agradable aroma del mar. El día era despejado y brillante. La cuesta se fue empinando y aparecieron los primeros árboles. Desde lejos parecían monstruos petrificados. Cuando estuve cerca vi que eran sabinas milenarias de troncos retorcidos y formas caprichosas. Todas estaban inclinadas hacia el Norte y algunas se curvaban tanto que el tronco, a la altura de las primeras ramas, volvía a tocar tierra para después enderezarse de nuevo hacia el cielo. También había un árbol o arbusto, no sabría decirlo, con tronco de palmera y hojas redondas con pinchos, como las de las chumberas. Nunca había visto nada igual.

En mitad de la ladera hice un alto bajo una sabina muy frondosa: quería comer un poco de chocolate y echar una ojeada al entorno. El lugar resultó ideal para ver sin ser visto. Hacia abajo, el mar de hierba se contoneaba, casi sensual, al ritmo de la brisa que subía desde la azulada bahía, salpicada de cejas de espuma blanca. Muy lejos, en alta mar, distinguí el casco naranja del barco, que se alejaba entre las olas. Deseé de corazón suerte a Green y a los suyos. Después me fijé en el cielo y advertí un detalle curioso: no había pájaros. Ni rastro de gaviotas, cormoranes, fragatas o pelícanos.

«Qué lugar más extraño», pensé. Fue entonces cuando tomé verdadera conciencia de lo lejos que estaba del resto del mundo. Tan lejos que ni los pájaros llegaban. Y me vino a la cabeza una pregunta que no le había planteado a Nina: ¿cómo habían llegado allí nuestros antepasados?

La respuesta era comparable al inmenso silencio que rodeaba mi madriguera y que sólo interrumpían las ráfagas de viento que se colaban por las rendijas del tronco de la sabina con un inquietante siseo de serpiente. Encima vi la cumbre del volcán, libre de nubes y casi al alcance de la mano. Calculé mi posición. Un poco más adelante, en línea recta, estaría el bosque de coníferas, en el que se encontraba el barranco. De los raptores, ni rastro. Si seguían en la isla, estarían en el Norte, al otro lado del cráter.

Agazapado en mi escondite, intenté preparar una estrategia: ¿ir a la cueva, buscar a Nina o pedir auxilio por satélite? Mientras intentaba decidir, me llegó desde un poco más arriba un reflejo metálico. Era como si un espejo reflejara los rayos del sol hacia donde yo estaba. Por un instante pensé que me habían localizado, pero tras esperar unos segundos y comprobar que el reflejo no se movía, sentí curiosidad y me encaminé hacia él.

Se trataba de un poste cilíndrico, de un metro de altura, coronado por una caja metálica cuadrada. Lo observé sin tocarlo. No podía ser un parquímetro, aunque lo parecía. ¿Un nido artificial? Tampoco. Me acerqué más. Del interior salía un arrítmico tac... tac... tac... tac-tac-tac-tac... tac-tac... tac... tac tacatacatacatacata... tac... tac. ¿Qué era aquello? Examiné la caja atentamente y me di cuenta de que tenía unas bisagras en un lado de la tapa superior: se podía levantar. Igual que si manipulara una bomba, puse la uña en la rendija, levanté un poco, otro poco y, como parecía inofensiva, la abrí del todo y... me encontré con... un cristal líquido en el que unos dígitos rojos saltaban como locos produciendo las inquietantes pulsaciones. Tan pronto aparecía «38» como «53», para bajar deprisa a «40» y volver a subir desenfrenadamente hasta «75». A la derecha podía leerse la palabra clave: «Curios».

«¡¿Curios?!», exclamé en voz alta. «¡La unidad para medir la radiactividad! Pero ¿dónde estoy?». De pronto se me encendió una luz en el cerebro. Todo casaba perfectamente: el rapto, las amenazas, los impedimentos, los atentados. Todo tenía una explicación..., y ya no necesité decidir cuál debía ser el paso siguiente. Sólo había uno: pedir auxilio.

Volví a cerrar la tapa, levanté la mirada y vi la cima del volcán enfrente, un poco a mi izquierda. El lugar ideal para enviar un SOS.

Hacia allí enfilé.

La cuesta se hizo dura, desapareció la vegetación y, cuando el sol estaba más alto, me topé con un suelo de lava petrificada. Tuve que caminar despacio, midiendo cada paso, para no pisar posibles cables de alarma ni hacerme heridas. La lava era dura y granulosa, pero yo había pasado descalzo toda la niñez y parte de la juventud, y las plantas de mis pies parecían del mismo material que las cubiertas Michelin.

Como el suelo era cada vez más oscuro y el calor más agobiante, opté por quitarme la ropa y hacer el resto de la ascensión desnudo: así pasaría desapercibido ante los ojos de observadores imprevistos. Tranquilo y con cuidado llegué al borde del cráter y me asomé a su interior. Nada. Pelado y muerto, con un ligero olor a azufre, como si fuera una entrada obsoleta del infierno. Bajé unos pasos por la ladera y rodeé el cráter por el Este.

Tenía una sed de muerte y nada que echarme al gaznate. Hubiera dado mi mano izquierda por un vaso de agua fresca.

Al rato, apareció abajo, al fondo, la rada norte. Me aposté detrás de una gran roca negra y eché mano a los prismáticos. Mis sospechas quedaron confirmadas. No podía ser otra cosa: contrabandistas de uranio. Piratas radiactivos. Filibusteros atómicos. Criminales nucleares.

A la salida de la rada, la grúa de un mercante de casco granate, cuyo nombre no pude distinguir, descargaba unos tubos cilíndricos en una lancha de desembarco como las que utilizan los marines americanos. Me quedé para ver la operación completa. Los torpedos, contenedores, o lo que fuese, plateados y brillantes, eran colocados de tres en tres en el fondo de la barcaza. Luego, ésta arrancaba, cruzaba la rada y llegaba al borde de la playita, donde una grúa-pluma descargaba los cilindros en unas vagonetas planas que, tras recorrer un trecho corto, desaparecían como si se las tragase la tierra. Mientras tanto, la lancha volvía al barco en busca de una nueva remesa.

Lleno de rabia, me llevé las manos a la cara y eché la cabeza para atrás. «Cabronazos. ¡Ojalá os contaminéis hasta la médula!», les deseé de todo corazón.

Después de contemplar el ciclo completo de la operación de desembarco, me dediqué a analizar las medidas de seguridad. No se veían barracones, ni vallas electrificadas, ni construcción alguna, pero sí varias parejas de soldados en la playa y en el lugar donde desaparecían las vagonetas. Llevaban los mismos uniformes que los asaltantes del barco.

Supuse que Nina —y tal vez Bob— estaría en el barco o encerrada en algún rincón de la isla.

«Ahora veréis», dije en tono amenazante, como si yo solo, perdido en mitad del Índico, pudiese arreglar el entuerto. Poco podía hacer, pero al menos intentaría que el mundo se enterara de lo que estaba pasando.

Abrí el macuto, cogí el maletín de transmisiones y me arrastré hasta una franja de lava que había no muy lejos de mi observatorio y fuera del campo de visión de los guardianes. Allí lo abrí, saqué el teléfono móvil, desenrollé el cable de conexión, desplegué la antena, que estaba recogida como un pequeño paraguas cerrado, pulsé ON, y... casi me dio un vuelco el corazón.

En la pantalla del ángulo superior derecho apareció este mensaje:

INSERT CARD FOR SATELLITE POSITION

«¡Adiós! ¡La tarjeta de entrada al sistema! Y ahora ¿cómo oriento yo este trasto? ¿A golpes?» Tras un momento de desconcierto pensé que la tarjeta estaría dentro del maletín, porque no había razones para llevarla aparte. Lo registré de arriba abajo y, al final, la encontré en un bolsillo de la parte superior. A veces el calor, los nervios, las contrariedades y la rabia te ciegan. La tarjeta era de color gris metálico, y un arco iris la cruzaba de lado a lado. Me alegró tanto encontrarla que le di un beso de agradecimiento antes de introducirla en la ranura. El aparato se la tragó, se encendieron unas lucecitas, y la antena, por sí sola, giró hacia el Sur, mirando al espacio.

Enseguida volví con el cable a mi escondite y lo conecté al teléfono móvil. Entonces caí en la cuenta de que me faltaba un pequeño detalle: no sabía manejar aquel cacharro. Lo más complicado que había usado hasta entonces era un teléfono GSM. Pero aquello era mucho más sofisticado, y yo, aparte de no tener ni idea de satélites, ignoraba cómo seleccionar la frecuencia adecuada. Pensé que si salía de allí con vida haría un cursillo de transmisiones, naturalmente pagado por el periódico. Faltaría más.

Pero, de momento, tenía que improvisar. Apreté todas las teclas hasta que se encendió un pilotito verde. Supuse que aquello significaba vía libre, hice un esfuerzo de memoria para recordar las coordenadas que había visto en el mapa cuando Nina me lo enseñó en el barco y, transmití:

¡A todos los periodistas del mundo! Habla Salomón Narváez, del diario A fondo *de Madrid: SOS. SOS desde la isla de Nueva Amsterdam. Coordenadas: 77 grados 30 minutos Este. 37 grados 52 minutos Sur... Cementerio nuclear clandestino... Peligro de contaminación radiactiva... Están asesinando al Índico... Necesito ayuda urgente.*

Repito: ¡A todos los periodistas del mundo! Habla Salomón Narváez, del diario A fondo *de Madrid: SOS. SOS desde la isla de Nueva Amsterdam. Coordenadas: 77 grados 30 minutos Este. 37 grados 52 minutos Sur... Cementerio nuclear clandestino... Peligro de contaminación radiactiva... Están asesinando al Índico... Necesito ayuda urgente.*

Repito: ¡A todos los periodistas del mundo! Habla Salomón Narváez: SOS. SOS desde la isla de Nueva Amsterdam...

No sé cuántas veces repetí la llamada; calculo que más de cien. Lanzaba el mensaje en inglés, en francés (o lo que fuera eso que yo hablaba) y en castellano, por si llegaba a oídos de algún extranjero. De cuando en cuando volvía a apretar todas las teclas en orden diferente, hasta que veía de nuevo el piloto verde encendido y entonces transmitía lo mismo: *¡A todos los periodistas del mundo! Habla...*

Entre SOS y SOS, esperaba a ver si se dejaba oír una voz salvadora que me confirmase la recepción del mensaje; pero la espera era inútil: aquel chisme permanecía más mudo que un perezoso en su árbol. No respondió nadie. El silencio y la quietud hertziana fueron totales. Ni una mísera interferencia, ni una señal lejana que me indicase que el mundo estaba vivo.

Entonces pensé añadir —por si el oyente era un imán, rabino o sacerdote interesado por encontrar datos que confirmaran la tradición religiosa— esta coletilla: ¡Amenazada la tumba de Eva! Repito: ¡Amenazada la tumba de Eva! Pero preferí no hacerlo, por si el posible escucha era ateo, se lo tomaba a pitorreo y decidía no dar la alarma.

La tarde empezaba a declinar y sentí que había llegado la hora de ocuparme de Nina y Bob. O de la cueva. No sabía qué dirección tomar, pero una simple mirada con los prismáticos a las ametralladoras de los guardias bastó para que me decidiera: a la cueva.

«Además, tarde o temprano tendrán que ir allí», pensé acariciando la culata de la pistola lanzaseñales, a la sazón mi única arma. Como estaba en el lado oriental del cráter, sólo tenía que bajar en línea recta para llegar al bosque y, después, buscar el barranco. Recogí el equipo de transmisiones, lo volví a guardar en el macuto y comencé el descenso. Yo seguía desnudo, pero como la brisa era ahora más fresca y me encontraba en la zona de umbría de la montaña, paré un momento para vestirme de nuevo. Al ponerme la camiseta pensé que la vida da muchas vueltas y que a veces nos conduce por senderos inescrutables. «¿Por qué yo? ¿Eh, por qué yo, un inocente africano recién licenciado en periodismo, he tenido que ser el elegido para descubrir la última morada de nuestros ancestros? ¿Es que no es suficiente recorrer medio mundo con la misma ropa, ser apaleado, estar a punto de ser atropellado por un motocarro, sufrir la embestida de un camión, ser asaltado de noche, escalar dos montañas, perder tres veces el equipo, exponerse a morir ahogado, tener que atiborrarse de pastillas y, encima, correr el riesgo de perder el trabajo por no cumplir a tiempo las obligaciones informativas? ¿Eh? ¿No es eso suficiente?»

Yo mismo me contesté: «No. Pues parece que no. Y todavía tengo que enfrentarme a una banda de asesinos raptores y, además, salvar a Nina y a Bob, y a Adán y Eva. ¡Aaaaay! (un «ay» melancólico), con lo tranquilo que estaba yo en mi piso de Alcorcón, echándole los tejos, de vez en cuando, a la vecinita de enfrente».

Cuando terminé de ajustarme las bermudas volví la mirada hacia el cielo en busca de un signo que me diese alguna pista sobre el porvenir. Como no lo vi, escruté el cráter del volcán por si surgía de las entrañas de la tierra (o tal vez del mismísimo infierno) una señal que confirmara que mi destino estaba en manos de un invisible genio maléfico.

Pero, como no era supersticioso, hice caso omiso de los posibles presagios, malos o buenos, y retomé la bajada, pues ya se veían las copas de los primeros árboles del bosque, donde debía de estar el barranco.

Al llegar me di cuenta de que aquellos árboles eran impresionantes. Nunca habría imaginado que hubiera colosos de madera de semejante tamaño. No es extraño que sacaran de allí un trinquete. Eran una mezcla de pino mediterráneo y secuoya californiana. Fuertes. Duros. Altos y esbeltos. Sus copas casi se fundían con el cielo, y la luz del sol apenas llegaba a la tierra. Me pegué al tronco de uno de aquellos colosos y vi que a su lado era como un piojo en un pelo. Crucé el bosque bajando en dirección al mar. Caminaba en zigzag porque el famoso barranco podía estar en cualquier parte y quería barrer el mayor trozo posible de terreno. El primer intento fue un fracaso: salí de la espesura por abajo, sin toparme con nada parecido a un risco. La línea de árboles terminaba bruscamente como si fuese la frontera sur entre la vida y la muerte de aquellos seres gigantescos. Volví adentro, y esta vez crucé de Norte a Sur. No encontré el precipicio, pero sí algo muy extraño en aquel lugar: un sendero.

Sendero = lugar habitual de paso = gente.

Lo pensé un poco y opté por seguirlo, aunque con precauciones: caminé paralelo a él en dirección norte. No tuve que andar mucho: al tercer recodo oí unas voces que se acercaban de frente. Mi alma se redujo al tamaño de una nuez. Las voces, en medio de aquel paisaje druídico, me sonaron fantasmales. No sabía si pertenecían a humanos o a espíritus del bosque huidos de Escandinavia, Islandia o Canadá por exceso de turismo ecológico.

Me escondí detrás de un matorral, parecido al helecho, que crecía entre dos troncos enormes. Cuando estuvieron más cerca, identifiqué las voces: hombres... Mejor dicho, mujeres. Aquel seseo, aquel tono... ¡Nina! Era la inconfundible voz de Nina, que charlaba con alguien.

Me fundí con las hojas de mi escondite hasta que vi aparecer entre los árboles las siluetas de cinco personas. Delante, la llamativa melena rojiza de Nina; junto a ella, un hombre alto, atlético, rubio y de tez muy blanca: Bob. ¡Estaba vivo! Lo habíamos encontrado. Era él. Le miré embobado. Tenía la barba crecida y un aire de cansancio que le desaparecía como por arte de magia cuando miraba a su esposa. Una alegría inconmensurable me invadió el cuerpo. Una cosa resuelta. Ahora, a por el resto: liberarlos, encontrar la cueva, acabar con los piratas... Demasiadas cosas para un fang solitario e inexperto, pero, eso sí, maestro en improvisación.

Esperé a que estuvieran a mi altura para estudiar bien la situación. Bob y Nina iban esposados, con las manos a la espalda, pero por su manera de hablar y caminar parecían serenos. Los seguían, en formación de triángulo, tres hombres equipados como para ir a la guerra, que los vigilaban atentamente.

Imaginé adónde iban porque ahora sí que los tenían atrapados de verdad. Bastaba poner una pistola en la sien de cualquiera de los dos para que el otro confesara en el acto dónde estaba la cueva. Además, los asaltantes habrían encontrado los planos y dibujos en el bolso de Nina.

Ellos me guiarían.

Dejé que se perdieran en la espesura y los seguí a unos metros de distancia. A menudo los perdía de vista, pero prefería estar fuera de su campo de visión por si alguno volvía la cabeza y me pillaba in fraganti.

El barranco estaba lejos de donde yo lo había buscado. Cuando llegaron a su embocadura, se perfilaban en el cielo los primeros colores del atardecer. Era un corte seco producido en la montaña por un desprendimiento, una avalancha, un terremoto o una erupción. La línea de árboles se interrumpía bruscamente, para reaparecer unos metros más abajo. La pared tendría la altura de un edificio de cinco o seis pisos. Desnuda, negruzca, lisa, sin muchos salientes y con algunas plantas y flores en las grietas. No sería fácil escalarla sin cuerdas, buriles y mosquetones. Me imaginé que los diabólicos representantes de Recatom habrían enviado a los prisioneros para localizar la entrada de la cueva. Después los llevarían otra vez a su celda y ellos se ocuparían de sacar los esqueletos y restos, si todavía estaban allí, o bien de minar la cueva y, así, destruir para siempre el secreto de nuestro pasado.

No podía perder la ocasión: si no intentaba rescatarlos ahora, quizá no se me volvería a presentar una oportunidad tan propicia, con tan pocos guardias y tan alejados del centro de operaciones.

Cuando los cinco habían recorrido ya parte del barranco, me adentré en él por el lindero que formaban el suelo de piedra y la primera línea de árboles. Escondido tras uno dc cllos, abrí cl macuto, saqué la pistola de señales y comprobé la munición. ¡Qué fatalidad: un solo cartucho! No podía desperdiciarlo. Dejé el macuto en el suelo y me acerqué sigilosamente a los guardias por detrás.

Mientras avanzaban, Nina y Bob miraban hacia la parte alta de la pared. A veces se detenían, se echaban para atrás y se ponían de puntillas intentando escudriñar las caprichosas formas de las rocas. Los escoltas caminaban distraídos, arrastrados por ese extraño magnetismo que siempre tienen unos ojos mirando al cielo.

Fue Nina quien la descubrió.

—¡Ahí está... la entrada! —gritó, señalando una cornisa situada hacia la mitad de la pared.

Era lo que yo necesitaba: todos mirando hacia arriba. Me acerqué a la espalda del último soldado, esperé a que se quedara quieto y los otros dos estuvieran al alcance de Nina y de Bob y, cuando el cuadro reunió las circunstancias requeridas, le solté un bengalazo en el culo.

—*¡Uooooo, uooo, uoooo, uoooooooooo!* —aulló el atacado, mientras tiraba el fusil, se echaba las manos al trasero y corría sin rumbo fijo. De su culo parecían salir fuegos de artificio. El pantalón se había prendido y subían hacia la espalda llamas pequeñitas. El efecto fue el deseado: los otros dos se volvieron, con los ojos desencajados, vieron a su compañero echando chispas y, detrás, a mí apuntándoles con una pistola y gritándoles algo que en realidad no era cierto:

—Si os movéis, os frío.

Funcionó a medias. Uno de los dos arrojó el arma y levantó las manos; el otro era más rebelde: hizo caso omiso de la amenaza, como si supiese que mi pistola estaba descargada, puso el dedo en el gatillo y me encañonó.

No le dio tiempo a más porque Bob le soltó tal patada en el cuello que lo fulminó allí mismo.

—De algo sirve ser cinturón negro de kárate. Hola, soy Bob. Tú debes ser Salomón. Encantado —me saludó sonriente.

Mientras, Nina había cogido una ametralladora del suelo y apuntaba hacia los otros dos: uno quieto, de pie; el otro, llorando de dolor y restregándose en el suelo, con las nalgas al rojo.

Solté la pistola y corrí a abrazarlos.

—Estáis vivos. Qué gusto me da veros. Bob, gracias, has estado muy oportuno con tu patada.

—*No thanks for my duty* —contestó instintivamente en inglés. Después cambió al castellano—: En todo caso, gracias a ti por haber cuidado de mi mujer y habernos salvado. Estamos empatados —y chocamos las palmas.

Yo no sabía si lo que había dicho Bob era del todo cierto. ¿Cuidaba yo de su mujer o ella de mí?

«A medias», pensé.

Nina sonreía, cosa que casi nunca la había visto hacer. Era una de esas sonrisas que salen del alma.

Registré los bolsillos de los guardias buscando las llaves de las esposas y las encontré en el pantalón del que estaba desmayado. No hice más que cambiar las esposas de muñecas: de las de mis amigos a las de mis enemigos. Bob, ya libre, recogió las otras dos armas y ordenó a los dos prisioneros que se situaran manos arriba junto al desmayado.

Entonces vi las cantimploras y se me abrió el cielo. Hacía casi veinticuatro horas que no probaba el agua, y después de la caminata me sentía débil y deshidratado. Agarré la primera y, a tragos cortos pero muy seguidos, me la bebí entera. Cuando fui a echar mano de la segunda, Bob me cortó:

—Basta, hombre. Déjalo ya, que te va a dar un cólico.

Le hice caso.

—Hay que salir de aquí deprisa. No creo que se haya oído el bengalazo —nos dijo—. Pero en cuanto se den cuenta de nuestra tardanza, enviarán refuerzos, y no podremos contra todos.

Me gustó Bob. Era un tío campechano. Tenía pinta de agricultor normando. Rudo. Cuadrado. Con unas manazas y unos pies tipo Sabonis, una expresión honesta y un vozarrón de lobo. Hablaba castellano con un acento horroroso.

—¿Y qué hacemos, entonces? —le pregunté.

Lo pensó un momento.

—Podemos coger las armas —dijo— e ir al barco a liberar a la tripulación, pero no sé si lo lograríamos porque en mi vida he cogido un arma. Hay otra posibilidad —meditó unos instantes—: llevar a cabo lo que en realidad queríamos hacer al venir a la isla, es decir, explorar la cueva.

—Pues vamos a tener que hacer lo segundo —resolví yo—, porque se han llevado el barco mar adentro. La última vez que lo he visto era un punto naranja en alta mar.

—Entonces, sólo queda un camino —levantó la vista hacia la entrada de la cueva—, pero antes hay que poner a estos tres a buen recaudo.

Echó una mirada a los alrededores y empezó a impartir órdenes. Parecía bastante seguro de sí mismo. Mejor, porque en aquellos momentos cruciales hacía falta alguien así.

—Salomón, ayúdame a llevar a los guardias a algún lugar oculto. Por ahí —dijo señalando bosque abajo—. Mientras, tú, Nina, mira por dónde podemos subir a la cueva.

Así lo hicimos. Tras despojar a los prisioneros de su sofisticado equipo de campaña, los llevamos pendiente abajo. El del trasero al rojo no hacía más que frotarse, pero la vida es así: unas veces ganas y otras te rascas. El otro caminaba a su lado, y al tercero lo remolqué yo porque todavía estaba grogui a causa del plantillazo y murmuraba una y otra vez mmmm..., mmmm..., mmm... como si tuviese la mente rayada.

Nina se quedó mirando detenidamente la pared.

A unos cincuenta metros encontramos un lugar frondoso y nos paramos. Sentamos a nuestros prisioneros y los despojamos de cinchas, cinturones y botas. Yo, como iba tan veraniego y sabía que teníamos que escalar una pared áspera, le quité los pantalones y la chaquetilla al que tenía más o menos mi talla, y me los puse. Ahora parecía yo el mercenario. Después, abrimos las esposas, los colocamos de espaldas a un árbol, pasamos un brazo por cada lado, volvimos a poner los grilletes y los atamos fuertemente. Mientras hacía los nudos le pregunté a Bob:

—Pero ¿qué diablos sucede en esta isla?

—Es muy simple, Salomón. La compañía Rec-atom, la siniestra y criminal compañía Rec-atom, lleva unos cuantos años engañando al mundo de una manera rastrera y vil. Hace creer que transporta plutonio reciclado a los países de origen para que éstos vuelvan a usarlo. Eso es falso. Totalmente falso. Lo que realmente transporta son residuos radiactivos de los que nadie quiere hacerse cargo. Y los gobiernos están dispuestos a pagar lo que sea a quien se los lleve lo más lejos posible de sus respectivos países. Sospecho que hay acuerdos secretos entre la compañía y sus clientes, y que las sumas que se manejan son tan astronómicas que asombrarían a cualquier profesor de economía. Dentro de lo que cabe, el proceso es bastante sencillo: los de Rec-atom simulan cargar el barco de plutonio reciclado en El Havre para transportarlo a los puertos de destino. Pero lo que realmente cargan allí son cilindros llenos de cemento. Y como los supervisores están sobornados, dan el visto bueno al cargamento y nadie se entera de nada. Y mientras los ecologistas persiguen como tontos por los siete mares a un barco por navegar con un cargamento radiactivo, en otra fecha y de otro puerto sale un barco cargado de desechos nucleares hacia esta isla perdida, donde se vienen almacenando clandestinamente desde hace dos años, al menos, según las fechas que he visto por casualidad. ¡El mayor escándalo nuclear de la historia! Habría que denunciarlo.

—Ya lo he hecho —le solté—. Al menos eso espero.

—¿Cómo?

Y le conté el mensaje que había lanzado a las ondas desde el cráter del volcán.

Por su manera de reaccionar, intuí que a Bob no le parecía suficiente mi alerta radiofónica. Siguió exponiéndome sus ideas:

—Aquí hay muchos intereses en juego, y los de Rec-atom no van a dejar que su negocio se vaya al garete por cuatro esqueletos prehistóricos. Creo que están dispuestos a matarnos a todos y, por lo que me has contado, no me extrañaría que el *Explorer* esté ahora camino del fondo de alguna fosa marina. Harán creer que ha sido un accidente y punto.

«Y con él mi crónica, mi empleo, mis ilusiones y mi futuro», pensé mientras acababa con mi prisionero.

Comprobé por enésima vez las ataduras y de postre le metí un pañuelo en la boca. Bien al fondo.

—Listo —le dije a mi compañero.

Él también había acabado de atar y amordazar a sus dos presas.

—Un momento —le retuve—. Necesito unas botas.

Me probé los tres pares y vi que las que me venían mejor eran las del soldado del culo quemado. Improvisé unos cordones con el tallo elástico de un arbusto local y escondí los otros dos pares debajo de una piedra. Reemprendimos la subida. Yo continué con mis preguntas:

—Y tú, ¿cómo has llegado hasta aquí?

—Me tendieron una trampa en París. Me hicieron acudir a una cita...

—Sí, eso ya lo sé —le atajé.

—Me cogieron por sorpresa. Eran unos cuantos. Logré repartir un poco de leña, pero me atontaron con un gas y, cuando me desperté, estaba atado en una cama en el camarote del *Sonia*. Allí me comunicaron que iba a hacer un largo viaje en avión y después en barco. A través de la escotilla escuché que me llevarían a Durban y así lo dejé escrito en el mensaje que Nina encontró en el suelo del camarote. En Durban me condujeron directamente del avión a una lancha, y de la lancha al barco que hay en la rada norte desembarcando plutonio.

—Ya lo he visto —le interrumpí.

—Llegamos hace dos días, y el buque, en cuanto descargue, desaparecerá del mapa hasta el próximo viaje. El resto creo que ya lo sabes —me dijo Bob al llegar al borde de la pared.

Vimos que Nina nos llamaba.

—Parece que mi esposa ha encontrado una vía.

—Hola, ¿qué tal todo? —nos saludó radiante—. Mirad, creo que sólo se puede subir por aquí —dijo señalando una grieta que ascendía verticalmente a la derecha de la entrada—. Después hay que caminar sobre aquella repisa minúscula que une el final de la grieta con el saliente de la cueva.

—No se hable más. Poneos los guantes de esta gente y... arriba.

—¿Me quedo con una ametralladora? —pregunté a la pareja.

—Para qué, si no sabemos usarla. Tira todo y vamos, que se hace tarde.

Tras rellenar de arena las recámaras y romper los transmisores, escondí todo aquel material inútil en un matorral.

Cuando comenzamos la ascensión, el cielo parecía un colage de trozos de algodón rosáceo pegados a una brillante sábana de color púrpura.

Bob abría la marcha; le seguía Nina y luego yo.

Con los guantes nos agarrábamos bien a los bordes a la vez que metíamos los pies hasta engancharlos al fondo de la hendidura. Nina miraba a su marido, yo la miraba a ella, y los dos procurábamos poner manos y pies donde los ponía él. Y lo hicimos bien porque no tardamos mucho en alcanzar la cornisa que llevaba hasta la cueva. Diez metros. Diez profundos y verticales metros nos separaban del suelo. Como caerse de un tercer piso. Nos tomamos un respiro, pero la noche se nos venía encima, y lo que quedaba no era precisamente un camino de rosas. Bob pasó primero.

—Ahora no miréis hacia abajo.

Ese tramo fue horrible: unos cuarenta pasitos con la espalda y las palmas de las manos pegadas a la roca. Las puntas de los pies sobresalían en el vacío. Yo juré que si salía de aquella, dejaría la profesión y volvería a África para construirme una choza, cuidar gallinas, recolectar mangos y cultivar ñames. Por mis muertos que lo haría.

Durante el año bisiesto que tardé en recorrer la cornisa, me acordé de mi familia, de mi país, de mis amigos y de mis ex novias. Para no mirar hacia abajo iba con la vista fija en la línea difusa del horizonte marino que se divisaba entre las copas de los árboles. ¿El atardecer de mi vida?, me preguntaba mientras el disco dorado del sol, cortado en rodajas por finas nubes de color rosa, se desplomaba irremisiblemente hacia el mar.

En eso pensaba cuando una mano enorme tiró de mí. De repente, me vi ante la negrura absoluta de un agujero abierto en la roca: la entrada. Había pasado tanto miedo que quise meterme enseguida.

Me detuvieron entre los dos.

—¿No recuerdas que cuando Van Der Neis entró por primera vez en la cueva salió una bandada de murciélagos? ¿Y que el propio Van Der Neis murió de una manera extraña al poco tiempo? Puede que la causa de su muerte fuera algún virus de esta cueva. Debemos ir con cuidado. Grita algo antes de entrar.

Más peligros. Ya sólo me faltaba eso para terminar el reportaje: coger el ébola. Daba igual. Yo no iba a quedarme fuera, a merced de los de Rec-atom, por culpa de un bichito microscópico.

Grité lo primero que me vino a la cabeza:

—¡Adán, Eva! ¿Estáis ahí? ¡Ya estamos aquí: de vuelta a la cueva!... Hemos tardado quinientos siglos pero hemos llegadoooo... ¡Más vale tarde que nuncaaaa!

—¿Sigo gritando? —pregunté.

—Creo que es suficiente. Ahora, a esperar acontecimientos.

Estuvimos un rato esperando que saliese en tromba una bandada de murciélagos o de repugnantes vampiros. Pero no se oyó ni una mosca.

—Entremos —decidió, por fin, Bob—. O han muerto, o han cambiado de guarida, o nunca han existido.

Era casi de noche cuando traspasamos el umbral de la prehistoria. Tuvimos que agachar la cabeza, Bob medio cuerpo, para no chocar con el quicio de la entrada. Encendimos las linternas, y su luz hizo que me acordase de la bolsa.

—¡Anda! —exclamé dándome un golpe en la frente—. Se me ha olvidado coger lo que traje del barco. Con tanto ajetreo se ha quedado todo abajo, incluso el chocolate. ¿No tenéis hambre? Yo sí. Y me hubiera merendado a gusto un par de murciélagos a la cazuela.

No me contestaron.

Encendimos las linternas. La sala era alta, profunda, y estaba llena de rocas y salientes que proyectaban sombras fantasmales sobre las negras paredes de basalto. Caminamos procurando ir directamente hacia el lado opuesto, contorneando bloques piramidales, cilíndricos y cónicos.

El aire era limpio y fresco, la humedad soportable y la temperatura ideal. Un silencio sepulcral lo dominaba todo, y no lo rompimos hasta que Bob anunció:

—Aquí está la pared opuesta. Pero ni rastro de galería.

Los tres enfocamos el muro y, efectivamente, sólo negrura.

—No te fíes —advertí—: el negro tizón no tiene contrastes, y la entrada será de ese tono.

Me agaché, cogí unas piedrecitas y empecé a tirarlas a la pared de derecha a izquierda y a la altura del pecho.

Click... click... click... click... click... De repente sonó un *click* lejano, demasiado lejano.

—Allí está —anuncié.

Efectivamente, casi enfrente de nosotros había una oquedad tan negra que no se diferenciaba del basalto ni con la luz de las linternas. Pero Bob estiró la mano y confirmó que aquello no era roca sino el acceso a un pasadizo que se perdía hacia las entrañas de la tierra.

En el mismo orden que antes, entramos por el túnel. Al principio era alto y ancho y andábamos con holgura, pero luego se fue estrechando hasta transformarse en un incómodo embudo por el que cada vez teníamos que ir más agachados.

—Tal como lo describió el holandés —dijo Bob, ya andando a gatas.

Yo dudaba si aquello no acabaría cerrándose del todo. Avanzábamos casi a rastras, y yo sólo veía las suelas de los zapatos de Nina cuando me llegó el grito de triunfo.

—¡La bóveda! ¡He llegado a la bóveda! —y el eco se encargó de repetir media docena de veces el exultante anuncio de Bob—: *¡¡óvedaaaa... óvedaaaaa... vedaa... edaaa!!*

Nina aceleró, y yo detrás.

Nos reunimos con Bob, que ya estaba de pie en lo que parecía otra sala espaciosa, aunque mucho más pequeña que la primera y con las paredes completamente lisas. Bob dirigió la luz de su linterna hacia el techo y vimos la amplia bóveda que cubría el lugar.

—Aquí tienen que estar las tumbas. Ahora hacia la izquierda.

Yo, que tan valientemente me había portado durante toda la expedición, sentí de pronto tal temblor, no sé si por el hambre o por la trascendencia del momento, que tuve que apoyarme en el hombro de Bob. Al hacerlo, me di cuenta de que también él temblaba.

El lugar estaba cargado de magia, de misterio, de una fuerza indefinida que se nos metía por los poros y nos ralentizaba las funciones. Nos movíamos torpemente, y los haces de luz de las linternas tiritaban. Los tres luchábamos por superarlo.

La de Bob, dirigida hacia la izquierda, iluminó una pequeña meseta situada a un metro del suelo. No sé cuánto tiempo tardamos en llegar. Estábamos como agarrotados ante lo que podía aparecer ante nuestros ojos.

Al fin llegamos al borde y Bob enfocó la roca. Entonces se le cayó la linterna de las manos y se fundió la bombilla. Una menos. Esas manazas tan seguras se le volvieron de goma a la vista de la escena. A mí se me puso carne de gallina y me quedé paralizado. Fue Nina, la mujer, la primera en reaccionar. Subió despacio a la meseta, se agachó, enfocó el suelo, palpó algo y confirmó el hallazgo:

—Aquí están.

Nosotros, los hombres, subimos como dos paralíticos recién salidos de las piscinas de Lourdes.

—Se conservan tal como lo dibujó Van der Neis —dijo la única persona que en esos momentos era capaz de hablar—. Mirad aquí.

Yo miré, vi y escuché.

—Hay, o había, tres grupos de esqueletos. Éstos de la izquierda —enfocó— pertenecen a una pareja. Aquí —movió la linterna ligeramente— hay otra pareja con un niño, y allí —llevó el haz un poco más lejos— está el hueco que dejó el holandés al extraer los dos cuerpos que nos pusieron sobre la pista del lugar.

Yo seguía la luz. Atónito. Helado. Hipnotizado. La forma de cinco esqueletos se adivinaba sobre el duro suelo de la meseta. Estaban incrustados en él, pero sobresalían lo suficiente para que se vieran bien sus posturas yacentes. La primera pareja estaba boca arriba, uno al lado del otro, con los brazos cruzados sobre el pecho. Uno de ellos todavía conservaba restos de una cinta o gorro en el cráneo. A su alrededor había multitud de cosas que debían de ser adornos: piedras, conchas y huesos, que también estaban fundidos en el suelo. La segunda pareja estaba de costado y en posición fetal alrededor del esqueleto de un niño, como protegiéndolo de la muerte. Tenían las frentes y las rodillas unidas y los dos pasaban el brazo por encima del niño. Detrás del que parecía más robusto había un palo largo petrificado que terminaba en punta. Las caderas, las costillas y los fémures se conservaban intactos y en su lugar original.

Un poco más allá, una pequeña excavación revelaba el lugar en el que habían trabajado cuatrocientos años atrás los primeros descubridores. Desperdigados por la pequeña meseta sobresalían como puntas de iceberg numerosos objetos de formas y texturas muy diferentes.

—Un sueño —pudo articular por fin Bob—. Esto es como un sueño. Por las huellas de la excavación y por la complexión, estos esqueletos pertenecen a individuos de la misma especie que los de Amsterdam.

Bob y Nina se abrazaron: el descubrimiento confirmaba su teoría. Yo contemplaba absorto aquellos restos, consciente de que pertenecían a nuestros antepasados más remotos.

—Tataratataratataratataratatarabuelo, ¿qué tal estás? —fue la majadería que se me ocurrió para comprobar que no me había quedado mudo para siempre.

Bob y Nina, yo no me atrevía, acariciaban los restos con las yemas de los dedos como quien hace juegos de amor. Tocaban los cráneos, las conchas, los objetos, los huesos con la delicadeza de un amante enamorado, y hacían conjeturas:

—Muerte tranquila. Sin signos de violencia. Se refugiarían aquí, tal vez huyendo de algo o de alguien, y a lo mejor murieron de inanición. Por las dataciones que hicimos en Amsterdam, estas personas debieron de pertenecer a las últimas generaciones que habitaron esta tierra. Quién sabe si les dio miedo viajar a través de un mar desconocido y prefirieron quedarse, o simplemente no encontraron un medio para escapar de un mar que subía día a día. ¡Hay tantas posibilidades!

Allí dentro, el tiempo llevaba detenido más de 50.000 años; pero, por desgracia, nosotros no podíamos detener nuestras vidas, cosa que se encargó de recordarnos la linterna, cuya luz empezó a titilar: hora de partir.

—Hay que salir antes que se agoten las linternas —me vi obligado a decirles, ante las pocas intenciones que tenían de abandonar el lugar.

Fue como si les hubiese hecho regresar de un viaje astral. Me miraron, parpadearon, se miraron, me miraron, sacudieron la cabeza, parpadearon y, al final, vinieron hacia donde yo estaba: en la boca del embudo.

—Ya tendremos ocasión de regresar. Y de quedarnos muchos meses —los animé para que no recordasen que a la salida de la cueva podía estar esperándonos un pelotón de fusilamiento.

Ni aun así se pusieron en marcha. Miraban obnubilados a los muertos como prometiéndoles protección contra cualquier enemigo que intentase profanar su tumba.

Tuve que acercarme a ellos y tirarles del brazo para que empezasen a caminar.

Esta vez fui delante. Las pilas de mi linterna daban signos evidentes de agotamiento. Se apagó justo al llegar a la gran sala, y me la guardé en el bolsillo del pantalón. Seguimos tras el hilillo de luz de la de Nina, pero pronto corrió igual suerte, y todo se volvió azabache. Era como estar en la boca de un lobo.

Nos quedamos quietos, a oscuras, intentando localizar la salida o escuchar algo: Nada. Yo me ponía la mano a un palmo de la nariz y no la veía. Era agobiante. Tuvimos que esperar un rato hasta que la vista se acostumbró a la oscuridad. Entonces pude entrever al fondo, a través de la abertura exterior, el lejano reflejo de unas estrellas.

Al fin la salida.

Guiados por ese reflejo, caminamos hasta cerca de la entrada y nos recostamos sobre unas rocas con forma de silla para decidir el siguiente paso. Allí recordé la pregunta que tenía que hacerle a Nina. Era la pregunta del millón.

—Oye, Nina, ¿cómo y desde dónde pudieron llegar nuestros antepasados a esta isla perdida, por muy grande que fuese antiguamente, si ni siquiera sabían coger una piedra?

Respondió Bob:

—La respuesta es muy sencilla: no llegaron de ningún lado porque siempre estuvieron aquí. Ellos crecieron con esta tierra. Cuando este trozo de tierra quedó aislado, permaneció en él un grupo de prosimios de aspecto endeble, bípedos, de talla pequeña y curiosos. Con el paso del tiempo su curiosidad se transformó en sentido de la observación y, como eran ágiles, listos y tenían mucho espacio a su disposición, crecieron y evolucionaron física, técnica y socialmente sin trabas. Y de ellos venimos.

Se quedó pensativo, pero rápidamente volvió a nuestra cruda realidad.

—Ya hemos localizado a nuestros antepasados. Ahora sólo queda un pequeño detalle.

—¿Cuál? —pregunté, aunque imaginaba la respuesta.

—La manera de anunciarlo al mundo. Sabemos que aquí están enterrados los primeros seres humanos, pero estamos a 6.000 kilómetros del pueblo más cercano y rodeados de mar y de enemigos que quieren acabar con nosotros. Sinceramente, no sé cómo vamos a salir de ésta.

Estábamos sopesando las diferentes posibilidades de resolver el problema cuando, en un momento de silencio, víctimas del cansancio y de la sobreexcitación, los tres nos quedamos dormidos. Desmayados. KO técnico.

No sé cuánto dormimos, pero sí que yo fui el primero en abrir los ojos. Había tenido una pesadilla llena de pasamontañas, ametralladoras y esqueletos y me desperté sudoroso y sobresaltado. Miré a mi alrededor y sentí un escalofrío: yo, Salomón Narváez, periodista africano, había tenido el gran honor de pasar una noche en el mismo lugar donde, hace miles de años, habían vivido los primeros individuos de nuestra especie. Por unos momentos me sentí un privilegiado, pero enseguida volví a la realidad, que no era más tranquilizadora que el sueño. Fuera, las primeras luces del día nos advertían que, a menos que quisiésemos morir al lado de Adán y Eva, teníamos que salir de allí disparados.

Espabilé al matrimonio y asomé la cabeza al exterior. Nada. Medio cuerpo. Nada. Cuerpo entero. Nada. Ni rastro de patrullas. Habrían esperado al día para empezar la búsqueda. Había que irse.

Ni pensar en ir por la cornisa. Me quité los pantalones y la chaquetilla, le pedí a Bob su camisa, anudé las tres cosas y le dije:

—Sujeta, que bajo.

Sin darle tiempo a abrir la boca, le hice tumbarse sobre el saliente y agarrar bien fuerte las ropas anudadas. Y venciendo el miedo, me descolgué en *rappel.* Toqué la roca un par de veces con la puntera de las botas y, cuando estaba a unos cuatro metros de suelo, salté al vacío. Aterricé flexionando las rodillas y relajado, por lo que no me hice daño. Cosas del miedo, que no te deja pensar. Grité a los de arriba:

—Saltad. Yo amortiguo.

Nina se descolgó siguiendo mis pasos. Saltó y la cogí como pude. Casi nos caímos.

¿Y Bob, qué? A él nadie le sostendría. No importó: nos echó la ropa y, en el poco tiempo que yo invertí en ponérmela, él desanduvo la cornisa y bajó por la grieta cual gato.

Salimos despendolados de allí.

Corrimos por el pedregal hasta los árboles, esperando encontrar en el camino algún escondite donde poder trazar un plan. Pero antes de alcanzar los primeros troncos, sonó un zumbido sobre nuestras cabezas. Me paré, miré, y no vi nada. El zumbido iba en aumento. «¿Será verdad el relato de Julio Verne acerca de una isla misteriosa repleta de abejas gigantescas y de libélulas como aviones?», me pregunté mientras seguía mirando hacia arriba intrigado.

No era verdad. Julio Verne había soñado. Lo que sonaba sobre nuestras cabezas era el motor de un ultraligero, que apareció de repente por encima de la pared con dos hombres uniformados a los mandos. Ambos nos vieron y nos señalaron como el cazador a su presa.

—¡Bob, Nina, nos han localizado! ¡Corred! —les grité temiendo que nos ametrallasen o nos bombardeasen desde el aire.

Entramos en la espesura, donde los aviadores no podían vernos. Al cabo de unos minutos, el zumbido desapareció en la lejanía y nosotros nos reagrupamos al abrigo de un árbol.

—¿Y ahora? —preguntó Nina.

—Ahora sólo nos queda un camino —respondió su marido—: jugar al ratón y el gato mientras nos sea posible. Si no paramos de movernos por la isla, tal vez no nos encuentren. Tampoco son tantos. Doce o catorce como mucho. Y siendo tan pocos no podrán abarcar playas, praderas, bosques y volcán. Todavía tenemos una oportunidad de volverlos locos... —se quedó pensativo. Me miró—. Salomón, ¿conoces algún lugar donde podamos escondernos de momento?

Sólo recordé mi ocultamiento bajo la sabina y así se lo hice saber. Le gustó.

—No parece malo. Vamos allá. Deprisa. Tal vez podamos pasar el día allí y cambiar de posición durante la noche.

En principio, el plan parecía bueno. Pero había un detalle en el que Bob no había reparado: sólo nos quedaba una cantimplora de agua y no teníamos comida. De nuevo, por huir precipitadamente, había olvidado coger el macuto donde tenía el chocolate y, un momento antes, mientras corría, el hambre me había dado un nuevo aviso en forma de chiribitas de color de pavo trufado. Pero, por educación o por respeto, o por no añadir otro punto negativo a nuestra precaria situación, me lo callé.

—Es por aquí —dije, y me puse a la cabeza del grupo.

Caminamos protegidos por los árboles hasta el lindero de la pradera. Campo abierto. Ahora, a correr hasta la sabina.

Iniciamos la carrera. Bajábamos por la ladera a trompicones, y ya habíamos recorrido un buen trecho, cuando oímos una ráfaga a nuestra espalda: ¡ratatatatatatatatatatatatata! Luego, un grito muy lejano: «*Arretez vous!*»

¡Que nos parásemos! Ja, qué risa. Estaba listo el tío si pensaba que nos íbamos a parar. Para que nos fusilase allí mismo. Su orden tuvo el efecto contrario: aceleramos.

Una nueva ráfaga, esta vez a dar, cayó unos metros detrás. Yo me tiré al suelo. Nina y Bob, lo mismo.

Nos quedamos agazapados en la hierba sin saber qué hacer. Yo levanté un poco la cabeza y vi a ocho o diez hombres salir del bosque y correr pendiente abajo.

—¡Vienen muchos! ¡Corramos agachados! —avisé.

Los tres emprendimos una carrera que duró tan sólo diez metros.

Ratatatatatatatatata... ratatatatatatata.

Imposible correr de pie. Tiraban a dar de verdad, y si no nos acertaban era porque todavía estaban muy lejos. Simple cuestión de distancia. Yo me tiré de nuevo al suelo, con tan mala suerte que me enganché en una zarza que me arañó el brazo y me destrozó los pantalones. En el bolsillo sonó un *cling* de cristales rotos: la linterna. Saqué el forro hacia fuera, y varios trocitos de cristal cayeron sobre la hierba. Me quedé mirándolos. Fijo. Atento. Miré al sol, sentí el viento en la espalda, venía del mar a la tierra, y recordé que el fuego se propaga ladera arriba. Reuní todo eso en una sola idea y le pregunté a Nina, que estaba arrodillada a mi derecha:

—¿Crees que nuestros antepasados aguantaran un incendio?

—Seguro que ya han aguantado muchos, y ahí siguen.

—¿Y el bosque? —pregunté, porque me daba pena quemar aquellos majestuosos árboles.

Ella me tranquilizó:

—Por el bosque no te preocupes. Será el enésimo bosque que crece desde hace 40.000 años. Además, estos árboles son de madera tan compacta que resisten el fuego. ¿No estarás pensando en incendiar esto?

—No nos queda otra salida. Toma —dije, y le tiré dos trocitos de cristal—. Dale uno a Bob. Enfocadlo sobre hierba seca como si fuera una lupa y, cuando salga un hililllo de humo, soplad con todas vuestras fuerzas. Nuestros perseguidores están allí arriba y el viento sopla hacia ellos. A nosotros nos pueden disparar, pero al fuego no: es indestructible.

—Hecho —dijeron los dos a la vez.

Los tres pusimos manos a la obra. Yo enfocaba un punto determinado de hierba seca y, de vez en cuando, alzaba la cabeza para observar el avance de nuestros enemigos. De momento, como no nos veían, habían aflojado el ritmo de carrera y levantado el dedo de los gatillos. Aun así venían directos hacia nosotros.

Mientras tanto, el sagrado rayo de sol concentrado quemaba implacable la brizna de hierba.

Cuatrocientos metros: un hilo de humo gris perla apareció bajo el cristal.

Trecientos cincuenta metros: una brasa brillante se encendió en la hierba.

Trescientos metros: yo soplaba con la misma fuerza de pulmones y boca que John Coltrane cuando tocaba el saxo. La brasa se transformó en una llamita minúscula.

Doscientos cincuenta metros: puse las manos en forma de alas de mariposa y empecé a darle aire. El fuego crecía.

Doscientos metros: una ráfaga de viento entró por debajo e inflamó la pira.

Cien metros: oí claramente un «allí están».

Pero era ya demasiado tarde. Desde tres puntos diferentes de la vegetación, justo enfrente de aquellos perros, se alzaron sendos focos de incendio con un humo amenazante que se les metía directamente en los ojos.

Y a los cien metros se pararon. Las llamas no eran muy altas, pero el mero hecho de ver delante un conato de incendio, y de saberse en su trayectoria, hace temblar a cualquiera, por muy mercenario que sea.

Durante un instante se miraron unos a otros desconcertados, dándoles un tiempo precioso a las llamas, que rápidamente tomaron cuerpo y se convirtieron en una escoba de fuego imparable que barría todo lo que encontraba a su paso.

Vi cómo los guardianes, al otro lado de la cortina de humo, tiraban sus armas y corrían despavoridos ladera arriba en dirección al bosque. Y detrás, Satán pisándole los talones.

—Vámonos de aquí —dijo Bob, reuniéndose conmigo y con su esposa.

—Sí —contesté—. Vamos a la punta de la bahía de la Salvación. Allí no hay vegetación y, si el viento cambia, siempre podremos tirarnos al mar.

Bajamos a paso ligero. Yo iba delante y, de cuando en cuando, me volvía para ver la dirección del fuego, que crecía por momentos, y comprobar que la pareja me seguía. Y cada vez que lo hacía me asustaba porque veía la espesa mata de pelo roja flotando tras la cara de Nina y creía que el fuego le había prendido la cabeza.

De pronto, el viento cambió y la columna de fuego dejó a un lado el bosque y se propagó hacia el oeste de la isla, quemando la amarillenta hierba que cubría toda la pendiente.

Cuando llegamos a la orilla del mar, las llamas ya giraban hacia el norte, rumbo a la rada. Me quité las botas y, agotados como estábamos, decidimos sentarnos a descansar en la playa. Desde allí contemplamos cómo el fuego, azuzado por el fuerte viento, avanzaba hacia el volcán y cómo una espesa humareda gris marengo se elevaba hacia las nubes, camino de la estratosfera.

—Con esto tendrán distracción por un rato —me regocijé, imaginándome a todos los soldados colgados de las alas del ultraligero para escapar de la quema.

«Si pudiera pescar algo me lo cocinaría a la brasa», pensé escrutando el fondo del mar en busca de algún alevín o anguila despistada...

Al cabo de un buen rato, todo el noroeste de la tranquila isla de Nueva Amsterdam parecía una falla mayor. Una hoguera de San Juan. Un volcán en erupción.

—¿Qué va a pasar con el plutonio almacenado? —le pregunté a Bob.

—Nada, porque está vitrificado y dentro de las cuevas. Así no se puede alterar. En cuanto al barco, me imagino que habrá salido a toda máquina en cuanto han empezado las llamas.

—Y las plantas, ¿volverán a crecer? —pregunté, porque me entristecía ser un asesino vegetal.

—Tranquilo, Salomón —me respondió—. El fuego sólo quema la superficie. Las raíces aguantan, la tierra se limpia y los brotes crecen más fuertes. Además, mira: el bosque se ha salvado.

Respiré tranquilo. Por lo menos no iba a ser responsable directo de la contaminación del Índico ni de la destrucción de especies vegetales únicas en el mundo.

Al cabo de un rato, me pareció oír el sonido de un avión.

—¿Qué es eso? —pregunté, y los tres miramos al cielo. Un minuto después, dos Mirage del ejército francés, con la bandera tricolor en el reverso de las alas, cruzaron sobre nuestras cabezas como una exhalación.

Nos quedamos mudos. Vimos cómo las dos finas y blancas estelas de sus reactores atravesaban limpiamente la humareda del incendio. Tras un instante de sorpresa, empezamos a saltar, gritar y mover los brazos para llamar su atención. Demasiado tarde: ya eran un punto minúsculo en la inmensidad azul.

—Habrán creído que ha entrado en erupción el volcán y vendrán a ver qué pasa. Es necesario que nos vean —dijo Nina, esperanzada y agitando los brazos.

Al rato, cuando ya el incendio se desarrollaba al otro lado de la isla, fuera de nuestra vista, un avión de hélice, panza ancha y flotadores en lugar de tren de aterrizaje, sobrevoló la bahía a media altura. Nosotros seguimos haciendo gestos para que nos vieran.

Y nos vieron.

El aparato sobrevoló un buen rato los alrededores, pero el mar estaba encrespado y cubierto de espuma inquieta. Imposible amerizar. El avión retomó altura y pasó un par de veces sobre nuestras cabezas. A la tercera se abrió una portezuela lateral, y media docena de *parapentes* saltaron hacia la franja de costa donde estábamos.

«Muy chillones los *parapentes* para ser el ejército», pensé viendo los colores de las telas en las que había escritas unas letras.

Uno era de color madera, otro verde oliva, otro amarillo trigo y dos de color mandarina. Los vimos bajar lentamente hacia la playa. Cuando estuvieron a unos cien metros pude leer las palabras. Se me heló la sonrisa. ¡Mi mensaje había llegado!

El rótulo del de color trigo decía: Diario *A fondo*. Los demás llevaban el nombre de otros periódicos y revistas: *The Guardian* (inglés), *Time Magazine* (americano), *Libération* (francés), *La Reppublica* (italiano), *Al Ahram* (egipcio), *La Voix de la Réunion* (islas Reunión) y *¡Corazones!*, una revista española de cotilleo que me dejó alucinado. Ellos también tenían *parapente*.

Todos aterrizaron casi a la vez y yo corrí hacia donde iba a tomar tierra mi colega. Me imaginé a Arturo, redactor-jefe, o a cualquiera de mis compañeros, acudiendo al rescate. Cayó a unos cincuenta metros de la playa. Se levantó, desenganchó el arnés y, en el momento en que se estaba quitando el casco, llegué a su lado.

Sorpresa. Y de las gordas.

Era la última persona del mundo que yo me podía imaginar tirándose en paracaídas: doña Adela. La jefa en persona, que con su moño canoso indespeinable y sus gafas de varilla me miraba con cara de no sé qué.

—Salomón, ¿cómo estas?

—Bien, gracias —le respondí, reprimiéndome las ganas de abrazarla—. Pero ¿cómo han sabido que yo estaba aquí?

—Tengo que reconocer que no ha sido fácil —ella muy seca, como siempre—. Un colega del diario *Libération* escuchó tu petición de auxilio y se puso en contacto con nosotros. Ya estábamos sobre aviso porque vuestro amigo francés Debry me telefoneó poniéndome al corriente de vuestras andanzas, aunque no creíamos que estuvierais en una situación tan precaria. Pero cuando nos trasmitieron vuestro SOS, nos picó la curiosidad y decidimos fletar este avión para llegar hasta aquí. Es un poco trasto, pero era perfecto para lanzarnos en paracaídas si no podíamos amerizar, como de hecho ha ocurrido. Lo malo es que hemos tardado casi vientidós horas en llegar porque hemos tenido que hacer tres escalas: El Cairo, Nairobi y Saint Denis de las islas Reunión. Y en cada escala ha montado un nuevo corresponsal con el equipo correspondiente. Al final, la cabina del avión parecía el camarote de los hermanos Marx. Estamos agotados, pero parece que hemos llegado a tiempo.

—Sí. Muy a tiempo.

Después se quedó mirando fijamente mi disfraz de mercenario y me recriminó:

—Salomón, tú siempre con tus pintas estrambóticas.

Yo me vi con los pantalones militares rotos, descalzo, sin camiseta, con el cuerpo lleno de arañazos y oliendo a una mezcla de chamusquina y sudor, y tuve que reconocer que, últimamente, cada vez que me encontraba con doña Adela, digamos que no llevaba mis mejores galas.

—Perdón, pero es que... —y cambié de tema—: Por cierto, no llevará usted algo de comer en el equipaje, aunque esté liofilizado. Me muero de hambre.

La jefa me miró como una madre al hijo que ha hecho una travesura, sacó de un bolsillo de la manga una barrita de chocolate Mars y me la entregó.

—Es lo único que tengo.

Me bastaba y me sobraba. Mientras la desenvolvía, se me hizo la boca agua, y me la tragué como si fuera un supositorio.

Me sentí mejor y le dije:

—Ahora permítame presentarle al marido de Nina, a Bob, al que por fin hemos encontrado en la isla.

Fui hacia ellos, pero en ese momento eran víctimas del famoso «síndrome de la primicia», dolencia que ataca a los periodistas cuando luchan por ser los primeros en informar de algo. Los corresponsales tenían rodeado al matrimonio, que me miraba desde el centro del cerco con expresión de «¡Salomón, sácanos de aquiiií!». Los estaban atosigando sin miramientos y casi les metían los micros por la boca. El asedio era en todos los idiomas, pero yo sólo entendí las preguntas del enviado de *¡Corazones!:* «¿Han averiguado si Adán y Eva estaban casados? ¿Se sabe algo de la ceremonia? ¿Llevaba Eva anillo de pedida?», y majaderías por el estilo.

Opté por postergar las presentaciones y me retiré con doña Adela hacia otro lugar.

Ahora ella adoptó un aire más serio.

—Has de saber que no hemos recibido una sola palabra tuya desde que saliste de Madrid... ¿Crees que ésas son maneras de cumplir los compromisos? ¿Piensas que tenemos que estar todos pendientes de que puedas o no puedas enviarnos una crónica? Espero, Salomón, que tengas una buena excusa para justificar tu falta de seriedad. De lo contrario... —sacó del bolsillo un papelito doblado—, te espera esto.

Lo desplegó ante mis ojos y sólo vi el párrafo que ponía «y en el plazo de quince días pasará al almacén, donde se ocupará de apilar fardos de periódicos atrasados y ...».

—Sí, doña Adela. Tengo una buena excusa para justificar mi incomunicación. ¿Quiere que se la cuente? —le contesté con rebeldía.

—Para eso he venido.

—Está bien. Siéntese, por favor.

Fuimos hacia la playa, donde había unas rocas que nos servirían de asiento. Pero mientras caminábamos vi algo que me llenó el corazón de alegría: por la bocana de la bahía, escoltado por una fragata de la marina francesa, entraba el *Explorer III,* desde cuyo castillo de proa nos saludaban con pañuelos y brazos al aire Dikembe, el capitán Green y el resto de los tripulantes. Sin duda, los secuestradores habían tenido noticias del fracaso o habían visto el incendio desde altamar y se habían rendido sin condiciones a las patrulleras galas.

En el otro lado de la isla, el fuego se extinguía y, ante nosotros, el paisaje era tan sólo una brasa humeante en vías de extinción.

Cuando llegamos a las rocas, me senté frente a mi jefa y comencé:

—Verá, doña Adela... Si lo llego a saber, me habría llevado a aquella entrevista una maleta llena de ropa limpia, unas cuantas mudas, mis cosas de aseo, un chaleco ant...

EPÍLOGO

Dos días después de nuestro rescate, la marina francesa tomó la isla de Nueva Amsterdam. El lugar fue cerrado y requisado a la empresa que lo había comprado, quedando de nuevo en poder del Estado francés, que en estos momentos sigue estudiando qué se puede hacer con el depósito clandestino de plutonio. El balance de lo que allí había escondido es escalofriante: 8.910 cilindros de alto poder radiactivo almacenados con escasas medidas de seguridad y en pésimas condiciones ambientales. Las instalaciones que la empresa Rec-atom tenía en Francia también quedaron provisionalmente bajo el control del Estado y toda la cúpula directiva fue detenida. Hubo un suicidio y dos intentos de fuga, pero la mayoría de los altos ejecutivos fueron enviados a una cárcel de máxima seguridad y, como no pudieron pagar las archimillonarias fianzas que se les impusieron para obtener la libertad provisional, allí siguen en espera de un juicio en el que la acusación pública pedirá penas de entre diez y veinte años de prisión mayor por atentado contra la salud mundial con riesgo de catástrofe.

Bob y Nina Rosenthal lucharon lo indecible para conseguir un permiso de residencia temporal en la isla, y el gobierno francés se lo concedió al cabo de cinco meses, pero sólo para la zona del barranco. Desde principios de la primavera hasta finales del verano del año siguiente a nuestra aventura, el matrimonio trabajó en la cueva con ayuda de cuatro arqueólogos de otras tantas nacionalidades. Me escribieron un par de veces contándome cómo iban las excavaciones y diciéndome que la vegetación de la isla se regeneraba a un ritmo increíble. La hierba creció aquella primavera con más fuerza que nunca, la isla se cubrió de verde en tres meses y las sabinas retoñaban por todos lados. Y, mientras el equipo de científicos extraía de la cueva los restos de los primeros humanos, en Madrid se preparaba la creación del Museo de los Orígenes, cuya dirección se confió por unanimidad a los Rosenthal. El Museo fue instalado en un edificio fuera de uso a las afueras de Madrid, cerca de la casa donde viven actualmente Nina y Bob.

A mí, Salomón Narváez, periodista, me fue bastante bien. Logré publicar por capítulos todo lo ocurrido durante nuestro periplo al fin del mundo y la serie se vendió de maravilla. Según me dijeron, la venta del periódico aumentó casi un cincuenta por ciento. También coedité con el diario un libro con mis aventuras, del que me llevo un pequeño porcentaje en concepto de derechos de autor. Un año después, tal como tenía planeado, volví a África. Encontré trabajo en un periódico de Angola: *O Jornal de Luanda.* Los primeros meses los pasé aprendiendo a hablar y escribir portugués y ovimbundu, y cuando ya dominaba los dos idiomas, me pusieron al frente de la sección *Costumbres africanas,* en la que se dan a conocer anécdotas y modos de vida de nuestra gente. Además, estoy saliendo con una chica de la tribu himba que tira de espaldas, y a lo mejor me caso con ella un día de éstos. O no, quién sabe.

Y por lo que se refiere a nuestros antepasados, el equipo de excavación extrajo de la cámara mortuoria cerca de 9.000 piezas, entre fragmentos de huesos, adornos, conchas, sílex, armas y utensilios. Una por una fueron cuidadosamente embaladas y enviadas a los mejores laboratorios de Washington, Londres, París y Madrid, donde se analizaron y estudiaron durante más de dos años. Hoy se encuentran en el Museo de los Orígenes, en cuya sala central, Bob y Nina reprodujeron a tamaño natural el paisaje de aquella tierra primigenia y, sobre él, escenas de la vida y costumbres de los primeros seres humanos que la habitaron, para que todos nosotros, en un mágico viaje a través del tiempo, conozcamos quiénes fueron, de dónde vinieron y cómo vivieron...

... los fundadores de nuestra especie.

Colección GRAN ANGULAR

1 / *Jean-Claude Alain,* **Los muchachos de Dublín**
3 / *Eve Dessarre,* **Danièle en la isla**
7 / *Luce Fillol,* **María de Amoreira**
8 / *Ch. Grenier-W. Camus,* **Cheyenes 6112**
10 / *John R. Townsend,* **El castillo de Noé**
11 / *William Camus,* **Un hueso en la autopista**
14 / *Jan Terlouw,* **Invierno en tiempo de guerra**
15 / *María Halasi,* **Primer reportaje**
16 / *André Massepain,* **Los filibusteros del uranio**
17 / *Lucía Baquedano,* **Cinco panes de cebada**
18 / *Rosemary Sutcliff,* **Aquila, el último romano**
19 / *Jordi Sierra i Fabra,* **El cazador**
20 / *Anke de Vries,* **Belledonne, habitación 16**
21 / *Willi Fährmann,* **Año de lobos**
23 / *María Gripe,* **El abrigo verde**
24 / *W. Camus-Ch. Grenier,* **Una india en las estrellas**
26 / *Willi Fährmann,* **El largo camino de Lucas B.**
29 / *Thea Beckman,* **Cruzada en «jeans»**
30 / *Jaap ter Haar,* **El mundo de Ben Lighthart**
31 / *María Gripe,* **Los escarabajos vuelan al atardecer**
32 / *Jordi Sierra i Fabra,* **...En un lugar llamado Tierra**
33 / *Anke de Vries,* **El pasado quedó atrás**
34 / *Carmen Kurtz,* **Querido Tim**
36 / *Montserrat del Amo,* **La piedra de toque**
38 / *María Gripe,* **El rey y el cabeza de turco**
40 / *María Gripe,* **Agnes Cecilia**
44 / *Käthe Recheis,* **El lobo blanco**
47 / *María Gripe,* **La sombra sobre el banco de piedra**
49 / *María Gripe,* **El túnel de cristal**
51 / *Forrest Carter,* **La estrella de los cheroquis**
52 / *Lensey Namioka,* **En el pueblo del gato vampiro**
54 / *Fernando Lalana,* **El zulo**
55 / *Carlos-Guillermo Domínguez,* **Atacayte**
56 / *Alfredo Gómez Cerdá,* **La casa de verano**
58 / *Jordi Sierra i Fabra,* **Regreso a un lugar llamado Tierra**
62 / *José Luis Martín Vigil,* **Habla mi viejo**
64 / *Albert Payson Terhune,* **Lad, un perro**
67 / *Montserrat del Amo,* **La encrucijada**
68 / *Jordi Sierra i Fabra,* **El testamento de un lugar llamado Tierra**
69 / *Helen Keiser,* **La llamada del muecín**
70 / *Lene Mayer-Skumanz,* **Barro entre las manos**
74 / *Leonor Mercado,* **Cuaderno de bitácora**
75 / *Carlos-Guillermo Domínguez,* **Sosala**
76 / *Anke de Vries,* **Cómplice**
77 / *Jordi Sierra i Fabra,* **El último verano miwok**
79 / *Jordi Sierra i Fabra,* **El joven Lennon**
81 / *Isolde Heyne,* **Cita en Berlín**
82 / *Juan M. San Miguel,* **Alejo**
83 / *Federica de Cesco,* **El caballo de oro**
84 / *María Gripe,* **Aquellas blancas sombras en el bosque**
86 / *Jan Terlouw,* **Barrotes de bambú**
87 / *John Hooker,* **El capitán James Cook**
88 / *Carlos Villanes Cairo,* **Destino: la Plaza Roja**
90 / *Miguela del Burgo,* **Adiós, Álvaro**
91 / *Andy Tricker,* **Voy a vivir**
92 / *Thomas Jeier,* **El apache blanco**
94 / *Urs M. Fiechtner,* **Historia de Ana**
95 / *Fernando Lalana y Luis Puente,* **Hubo una vez otra guerra**
96 / *Rodrigo Rubio,* **La puerta**
97 / *Alfredo Gómez Cerdá,* **Pupila de águila**
99 / *Liva Willens,* **A veces soy un jaguar**
100 / *Jordi Sierra i Fabra,* **La balada de Siglo XXI**
102 / *Fernando Lalana,* **Morirás en Chafarinas**
103 / *Gemma Lienas,* **Así es la vida, Carlota**
104 / *Josep Francesc Delgado,* **Las voces del Everest**
105 / *Emili Teixidor,* **El soldado de hielo**
106 / *Carlos Villanes Cairo,* **Retorno a la libertad**
107 / *Sheila Gordon,* **¡Ni una hora más!**
108 / *Alice Vieira,* **Úrsula**
109 / *María Gripe,* **Carolin, Berta y las sombras**
110 / *Juan M. San Miguel,* **Cerco de fuego**
112 / *Carlos Puerto,* **Akuna matata**
114 / *Sigrid Heuck,* **El enigma del maestro Joaquín**
115 / *Francesc Sales,* **Diario de Alberto**
118 / *Maite Carranza,* **La selva de los arutams**
119 / *Joan Manuel Gisbert,* **La frontera invisible**
120 / *Peter Dickinson,* **Mi madre es la guerra**
121 / *Nicole Meister,* **La historia de Mon**
122 / *Mette Newth,* **Secuestro**
123 / *Werner J. Egli,* **Tarantino**
125 / *Manuel Alfonseca,* **Bajo un cielo anaranjado**
126 / *Mercè Canela,* **Partitura para saxo**
127 / *Xavier Alcalá,* **Contra el viento**
128 / *Gillian Cross,* **La hija del lobo**
130 / *José Luis Velasco,* **El guardián del paraíso**
131 / *Mecka Lind,* **A veces tengo el mundo a mis pies**
132 / *Joachim Friedrich,* **El tango de Laura**
133 / *Lola González,* **Brumas de octubre**
134 / *Jordi Sierra i Fabra,* **Malas tierras**
135 / *Nina Rauprich,* **Una extraña travesía**
136 / *Gillian Cross,* **Nuevo mundo**
137 / *Emili Teixidor,* **Corazón de roble**
138 / *Berlie Doherty,* **Querido nadie**
139 / *José Luis Velasco,* **El misterio del eunuco**
141 / *Nacho Docabo,* **Murió por los pelos**
142 / *Ángela Vallvey,* **Kippel y la mirada electrónica**

143 / *Jesús Ferrero,* **Las veinte fugas de Básil**
145 / *Werner J. Egli,* **Sólo vuelve uno**
146 / *Lola González,* **Guárdate de los idus**
147 / *Robert Westall,* **Un lugar para mí**
148 / *John Marsden,* **Mañana, cuando empiece la guerra**
149 / *Maite Carranza,* **Frena, Cándida, frena**
150 / *Ponç Pons,* **Memorial de Tabarka**
151 / *Mirjam Pressler,* **Si llega la suerte, ponle una silla**
152 / *M. Angels Bogunyà,* **Cincuenta mil pelas por un bigote**
153 / *Berlie Doherty,* **La serpiente de piedra**
154 / *Andreu Martín,* **El viejo que jugaba a matar indios**
155 / *Carlos Guillermo Domínguez,* **Bencomo**
156 / *Sissi Flegel,* **El secreto del laberinto**
157 / *Jacques Vénuleth,* **Las piedras del silencio**
158 / *Carlos Puerto,* **Gran dragón de hielo**
159 / *Ángela Vallvey,* **Vida sentimental de Bugs Bunny**
160 / *Judy Allen,* **La búsqueda de París**
161 / *Julián Ibáñez,* **¡No disparéis contra Caperucita!**
162 / *Dennis Hamley,* **Balada mortal**

Edición especial:

29 / *Thea Beckman,* **Cruzada en «jeans»**
31 / *María Gripe,* **Los escarabajos vuelan al atardecer**
102 / *Fernando Lalana,* **Morirás en Chafarinas**
111 / *Joan Manuel Gisbert,* **La noche del eclipse**
113 / *Jordi Sierra i Fabra,* **El último set**
116 / *Vicente Escrivá,* **Réquiem por Granada**
117 / *Fernando Lalana,* **Scratch**
124 / *Alejandro Gándara,* **Falso movimiento**
129 / *Juan Madrid,* **Cuartos oscuros**
140 / *Alejandro Gándara,* **Nunca seré como te quiero**
143 / *Jesús Ferrero,* **Las veinte fugas de Básil**
144 / *Antoni Dalmases,* **Doble juego**